A MENINA
SEM PALAVRA
Histórias de
Mia Couto

O dia em que explodiu Mabata-bata, A Rosa Caramela, A
embondeiro que sonhava pássaros, As baleias de Quissico, O
e o sangue, A filha da solidão, O coração do menino e o me
alto, Nas águas do tempo, O rio das Quatro Luzes, O nor
que explodiu Mabata-bata, A Rosa Caramela, A menina se
que sonhava pássaros, As baleias de Quissico, O não desap
A filha da solidão, O coração do menino e o menino do co
águas do tempo, O rio das Quatro Luzes, O nome gordo de
Mabata-bata, A Rosa Caramela, A menina sem palavra, O
pássaros, As baleias de Quissico, O não desaparecimento
solidão, O coração do menino e o menino do coração, A
tempo, O rio das Quatro Luzes, O nome gordo de Isidoran
bata, A Rosa Caramela, A menina sem palavra, O apocali
As baleias de Quissico, O não desaparecimento de Maria
coração do menino e o menino do coração, A menina de f
das Quatro Luzes, O nome gordo de Isidorangela, O adiac
Caramela, A menina sem palavra, O apocalipse privado d
Quissico, O não desaparecimento de Maria Sombrinha,
menino e o menino do coração, A menina de futuro torcio
Luzes, O nome gordo de Isidorangela, O adiado avô, Inur
A menina sem palavra, O apocalipse privado do tio Gegu
O não desaparecimento de Maria Sombrinha, A menina
o menino do coração, A menina de futuro torcido, Sapa
O nome gordo de Isidorangela, O adiado avô, Inundaçã
menina sem palavra, O apocalipse privado do tio Geguê,
O não desaparecimento de Maria Sombrinha, A menina,
menino e o menino do coração, A menina de futuro torcid
das Quatro Luzes, O nome gordo de Isidorangela, O adia
Caramela, Nas águas do tempo, O apocalipse privado do
Quissico, O não desaparecimento de Maria Sombrinha, A

A menina sem palavra

HISTÓRIAS DE MIA COUTO

BOA COMPANHIA

Copyright © 2013 by Mia Couto, Editorial Caminho SA, Lisboa
Copyright da seleção © 2013 by Companhia das Letras

A editora manteve a grafia vigente em Moçambique, observando as regras do Acordo Ortográfico da Língua Portuguesa de 1990.

Capa e projeto gráfico Retina 78

Revisão Huendel Viana e Renata Lopes Del Nero

Dados Internacionais de Catalogação na Publicação (CIP)
(Câmara Brasileira do Livro, SP, Brasil)

Couto, Mia
    A menina sem palavra / histórias de Mia Couto. — 1ª ed. — São Paulo : Boa Companhia, 2013.

    ISBN 978-85-65771-06-1

    1. Contos moçambicanos I. Titulo.

13-07548   CDD-869.3

Índice para catálogo sistemático:
1. Contos : Literatura moçambicana 869.3

14ª reimpressão

Todos os direitos desta edição reservados à
EDITORA SCHWARCZ S.A.
Rua Bandeira Paulista, 702, cj. 32
04532-002 — São Paulo — SP
Telefone: (11) 3707-3500
www.companhiadasletras.com.br
www.blogdacompanhia.com.br

Sumário

APRESENTAÇÃO
7   A ficção a serviço da esperança

9   O dia em que explodiu Mabata-bata
17 A Rosa Caramela
31 A menina sem palavra
37 O apocalipse privado do tio Geguê
57 O embondeiro que sonhava pássaros
69 As baleias de Quissico
79 O não desaparecimento de Maria Sombrinha
85 A menina, as aves e o sangue
91 A filha da solidão
99 O coração do menino e o menino do coração
105 A menina de futuro torcido
113 Sapatos de tacão alto
119 Nas águas do tempo
127 O rio das Quatro Luzes
133 O nome gordo de Isidorangela
141 O adiado avô
149 Inundação

155 Glossário
157 Sobre o autor

A FICÇÃO A SERVIÇO DA ESPERANÇA

Os dezessete contos desta antologia foram escritos em fases distintas da carreira do escritor Mia Couto e compõem um panorama surpreendente do universo infantil em Moçambique. Acostumado a reconhecer nos povos africanos a violência e a miséria, o leitor encontrará nesta seleção uma delicadeza que não se vê nos relatos oficiais. As histórias mostram a complexidade que move as relações familiares, a orfandade em um país que viveu por anos em guerra, a realidade das crianças submetidas ao trabalho infantil e impedidas de estudar, e os resquícios da luta pela independência, simbolizados pelas minas, que continuam ativadas e matando os "miúdos" que brincam no areal.

Mia Couto é um prosador bastante sensível às complexidades da vida e um escritor que constrói as narrativas inspirado na linguagem oral, revelando a sua influência e admiração pelo nosso Guimarães Rosa. Sem contar a presença do fantástico e do religioso em suas histórias.

No conjunto, as narrativas demonstram o quanto Moçambique inspira um de seus mais importantes escritores, além de nos fazer entender a metáfora do avô e do neto navegando juntos até o grande lago no conto "Nas águas do tempo", quando ele expressa a necessidade de Moçambique encontrar soluções que equilibrem modernidade e tradição.

O DIA EM QUE EXPLODIU MABATA-BATA

De repente, o boi explodiu. Rebentou sem um múúú. No capim em volta choveram pedaços e fatias, grão e folhas de boi. A carne eram já borboletas vermelhas. Os ossos eram moedas espalhadas. Os chifres ficaram num qualquer ramo, balouçando a imitar a vida, no invisível do vento.

O espanto não cabia em Azarias, o pequeno pastor. Ainda há um instante ele admirava o grande boi malhado, chamado de Mabata-bata. O bicho pastava mais vagaroso que a preguiça. Era o maior da manada, régulo da chifraria, e estava destinado como prenda de lobolo do tio Raul, dono da criação. Azarias trabalhava para ele desde que ficara órfão. Despegava antes da luz para que os bois comessem o cacimbo das primeiras horas.

Olhou a desgraça: o boi poeirado, eco de silêncio, sombra de nada.

"Deve ser foi um relâmpago", pensou.

Mas relâmpago não podia. O céu estava liso, azul sem mancha. De onde saíra o raio? Ou foi a terra que relampejou?

Interrogou o horizonte, por cima das árvores. Talvez o ndlati, a ave do relâmpago, ainda rodasse os céus. Apontou os olhos na montanha em frente. A morada do ndlati era ali, onde se juntam os todos rios para nascerem da mesma vontade da água. O ndlati vive nas suas quatro cores escondidas e só se destapa quando as nuvens rugem na rouquidão do céu. É então que o ndlati sobe aos céus, enlouquecido. Nas alturas se veste de chamas, e lança o seu voa incendiado sobre os seres da terra. Às vezes atira-se no chão, buracando-o. Fica na cova e aí deita a sua urina.

Uma vez foi preciso chamar as ciências do velho feiticeiro para escavar aquele ninho e retirar os ácidos depósitos. Talvez o Mabata-bata pisara uma réstia maligna do ndlati. Mas quem podia acreditar? O tio, não. Havia de querer ver o boi falecido, ao menos ser apresentado uma prova do desastre. Já conhecia bois relampejados: ficavam corpos queimados, cinzas arrumadas a lembrar o corpo. O fogo mastiga, não engole de uma só vez, conforme sucedeu-se.

Reparou em volta: os outros bois, assustados, espalharam-se pelo mato. O medo escorregou dos olhos do pequeno pastor.

— *Não apareças sem um boi, Azarias. Só digo: é melhor nem apareceres.*

A ameaça do tio soprava-lhe os ouvidos. Aquela angústia comia-lhe o ar todo. Que podia fazer? Os pensamentos corriam-lhe como sombras mas não encontravam saída. Havia uma só solução: era fugir, tentar os caminhos onde não sabia mais nada. Fugir é morrer de um lugar e ele, com os seus calções rotos, um saco velho a tiracolo, que saudade deixava? Maus tratos, atrás dos bois. Os filhos dos outros tinham direito da escola. Ele não, não era filho. O serviço arrancava-o cedo da cama e devolvia-o ao sono quando dentro dele já não havia resto de infância. Brincar era só com os animais: nadar o rio na boleia do rabo do Mabata-bata, apostar nas brigas dos mais fortes. Em casa, o tio adivinhava-lhe o futuro:

— Este, da maneira que vive misturado com a criação, há-de casar com uma vaca.

E todos se riam, sem quererem saber da sua alma pequenina, dos seus sonhos maltratados. Por isso, olhou sem pena para o campo que ia deixar. Calculou o dentro do seu saco: uma fisga, frutos do djambalau, um canivete enferrujado. Tão pouco não pode deixar saudade. Partiu na direcção do rio. Sentia que não fugia: estava apenas a começar o seu caminho. Quando chegou ao rio, atravessou a fronteira da água. Na outra margem parou à espera nem sabia de quê.

Ao fim da tarde a avó Carolina esperava Raul à porta de casa. Quando chegou ela disparou aflição:

— Essas horas e o Azarias ainda não chegou com os bois.

— O quê? Esse malandro vai apanhar muito bem, quando chegar.

— Não é que aconteceu uma coisa, Raul? Tenho medo, esses bandidos...

— Aconteceu brincadeiras dele, mais nada.

Sentaram na esteira e jantaram. Falaram das coisas do lobolo, preparação do casamento. De repente, alguém bateu à porta. Raul levantou-se interrogando os olhos da avó Carolina. Abriu a porta: eram os soldados, três.

— Boa noite, precisam alguma coisa?

— Boa noite. Vimos comunicar o acontecimento: rebentou uma mina esta tarde. Foi um boi que pisou. Agora, esse boi pertencia daqui.

Outro soldado acrescentou:

— Queremos saber onde está o pastor dele.

— O *pastor estamos à espera* — respondeu Raul. E vociferou:
— *Malditos bandos!*
— *Quando chegar queremos falar com ele, saber como foi sucedido. É bom ninguém sair na parte da montanha. Os bandidos andaram espalhar minas nesse lado.*

Despediram. Raul ficou, rodando à volta das suas perguntas. Esse sacana do Azarias onde foi? E os outros bois andariam espalhados por aí?

— *Avó: eu não posso ficar assim. Tenho que ir ver onde está esse malandro. Deve ser talvez deixou a manada fugentar-se. É preciso juntar os bois enquanto é cedo.*

— *Não podes, Raul. Olha os soldados o que disseram. É perigoso.*

Mas ele desouviu e meteu-se pela noite. Mato tem subúrbio? Tem: é onde o Azarias conduzia os animais. Raul, rasgando-se nas micaias, aceitou a ciência do miúdo. Ninguém competia com ele na sabedoria da terra. Calculou que o pequeno pastor escolhera refugiar-se no vale.

Chegou ao rio e subiu às grandes pedras. A voz superior, ordenou:

— *Azarias, volta. Azarias!*

Só o rio respondia, desenterrando a sua voz corredeira. Nada em toda à volta. Mas ele adivinhava a presença oculta do sobrinho.

— *Apareça lá, não tenhas medo. Não vou-te bater, juro.*

Jurava mentiras. Não ia bater: ia matar-lhe de porrada, quando acabasse de juntar os bois. No enquanto escolheu sentar, estátua de escuro. Os olhos, habituados à penumbra desembarcaram na outra margem. De repente, escutou passos no mato. Ficou alerta.

— *Azarias?*

Não era. Chegou-lhe a voz de Carolina.

— Sou eu, Raul.

Maldita velha, que vinha ali fazer? Trapalhar só. Ainda pisava na mina, rebentava-se e, pior, estoirava com ele também.

— Volta em casa, avó!

— O Azarias vai negar de ouvir quando chamares. A mim, há-de ouvir.

E aplicou sua confiança, chamando o pastor. Por trás das sombras, uma silhueta deu aparecimento.

— És tu, Azarias. Volta comigo, vamos para casa.

— Não quero, vou fugir.

O Raul foi descendo, gatinhoso, pronto para saltar e agarrar as goelas do sobrinho.

— Vais fugir para onde, meu filho?

— Não tenho onde, avó.

— Esse gajo vai voltar nem que eu lhe chamboqueie até partir-se dos bocados — precipitou-se a voz rasteira de Raul.

— Cala-te, Raul. Na tua vida nem sabes da miséria. — E voltando-se para o pastor: — Anda, meu filho, só vens comigo. Não tens culpa do boi que morreu. Anda ajudar o teu tio juntar animais.

— Não é preciso. Os bois estão aqui, perto comigo.

Raul ergueu-se, desconfiado. O coração batucava-lhe o peito.

— Como é? Os bois estão aí?

— Sim, estão.

Enroscou-se o silêncio. O tio não estava certo da verdade do Azarias.

— Sobrinho: fizeste mesmo? Juntaste os bois?

A avó sorria pensando no fim das brigas daqueles os dois. Prometeu um prêmio e pediu ao miúdo que escolhesse.

— O teu tio está muito satisfeito. Escolhe. Há-de respeitar o teu pedido.

Raul achou melhor concordar com tudo, naquele momento. Depois, emendaria as ilusões do rapaz e voltariam as obrigações do serviço das pastagens.

— Fala lá o seu pedido.

— Tio: próximo ano posso ir na escola?

Já adivinhava. Nem pensar. Autorizar a escola era ficar sem guia para os bois. Mas o momento pedia fingimento e ele falou de costas para o pensamento:

— *Vais, vais.*

— *É verdade, tio?*

— *Quantas bocas tenho, afinal?*

— *Posso continuar ajudar nos bois. A escola só frequentamos da parte de tarde.*

— *Está certo. Mas tudo isso falamos depois. Anda lá daqui.*

O pequeno pastor saiu da sombra e correu o areal onde o rio dava passagem. De súbito, deflagrou um clarão, parecia o meio-dia da noite.

O pequeno pastor engoliu aquele todo vermelho, era o grito do fogo estourando. Nas migalhas da noite viu descer o ndlati, a ave do relâmpago. Quis gritar:

— *Vens pousar quem, ndlati?*

Mas nada não falou. Não era o rio que afundava suas palavras: era um fruto vazando de ouvidos, dores e cores. Em volta tudo fechava, mesmo o rio suicidava sua água, o mundo embrulhava o chão nos fumos brancos.

— *Vens pousar a avó, coitada, tão boa? Ou preferes no tio, afinal das contas, arrependido e prometente como o pai verdadeiro que morreu-me?*

E antes que a ave do fogo se decidisse Azarias correu e abraçou-a na viagem da sua chama.

A ROSA CARAMELA

Acendemos paixões no rastilho do próprio coração. O que amamos é sempre chuva, entre o voo da nuvem e a prisão do charco. Afinal, somos caçadores que a si mesmo se azagaiam. No arremesso certeiro vai sempre um pouco de quem dispara.

Dela se sabia quase pouco. Se conhecia assim, corcunda-marreca, desde menina. Lhe chamávamos Rosa Caramela. Era dessas que se põe outro nome. Aquele que tinha, de seu natural, não servia. Rebatizada, parecia mais a jeito de ser do mundo. Dela nem queríamos aceitar parecenças. Era a Rosa. Subtítulo: a Caramela. E ríamos.

A corcunda era a mistura das raças todas, seu corpo cruzava os muitos continentes. A família se retirara, mal que lhe entregara na vida. Desde então, o recanto dela não tinha onde ser visto. Era um casebre feito de pedra espontânea, sem cálculo nem aprumo. Nele a madeira não ascendera a tábua: restava tronco, pura matéria. Sem cama nem mesa, a marreca a si não se atendia. Comia? Ninguém nunca lhe viu um sustento. Mesmo os olhos lhe eram escassos, dessa magreza de quererem, um dia, ser olhados, com esse redondo cansaço de terem sonhado.

A cara dela era linda, apesar. Excluída do corpo, era até de acender desejos. Mas se às arrecuas, lhe espreitassem inteira, logo se anulava tal lindeza. Nós lhe víamos vagueando nos passeios, com seus passinhos curtos, quase juntos. Nos jardins, ela se entretinha: falava com as estátuas. Das doenças que sofria essa era a pior. Tudo o resto que ela fazia eram coisas de silêncio escondido, ninguém via nem ouvia. Mas palavrear com estátuas, isso não, ninguém podia aceitar. Porque a alma que ela punha nessas conversas chegava mesmo de assustar. Ela queria curar a cicatriz das pedras? Com maternal inclinação, consolava cada estátua:

— *Deixa, eu te limpo. Vou tirar esse sujo, é sujo deles.*

E passava uma toalha, imundíssima, pelos corpos petrimóveis. Depois, retomava os atalhos, iluminando-se de enquantos, no círculo de cada poste.

De dia lhe esquecíamos a existência. Mas às noites, o luar nos confirmava seu desenho torto. A lua parecia pegar-se à marreca, como moeda em encosto avaro. E ela, frente aos estatuados, cantava de rouca e inumana voz: pedia-lhes que saíssem da pedra. Sobressonhava.

Nos domingos ela se recolhia, ninguém. A velha desaparecia, ciumosa dos que enchiam os jardins, manchando os sossegos do território dela.

De Rosa Caramela, afinal, não se procurava explicação. Só um motivo se contava: certa vez, Rosa ficara de flores na mão, suspensa à entrada da igreja. O noivo, esse que havia, demorou de vir. Demorou tanto que nunca veio. Ele lhe recomendara: não quero cerimónias. Vou eu e tu, só nós ambos. Testemunhas? Só Deus, se estiver vago. E Rosa suplicava:

— *Mas, o meu sonho?*

Toda a vida ela sonhara a festa. Sonho de brilhos, cortejo e convidados. Só aquele momento era seu, ela rainha, linda de espalhar invejas. Com o longo vestido branco, o véu corrigindo as costas.

Lá fora, as mil buzinas. E agora, o noivo lhe negava a fantasia. Se desfez das lágrimas, para que outra coisa serve o verso das mãos? Aceitou. Que fosse como ele queria.

Chegou a hora, passou a hora. Ele nem veio nem chegou. Os curiosos se foram, levando os risos, as zombarias. Ela esperou, esperou. Nunca ninguém esperou tanto um tempo assim. Só ela, Rosa Caramela. Ficou-se no consolo do degrau, a pedra sustentando o seu universal desencanto.

História que contam. Tem sumo de verdade? O que parece é que nenhum noivo não havia. Ela tirara tudo aquilo de sua ilusão. Inventara-se noiva, Rosita-namorada, Rosa-matrimoniada. Mas se nada não aconteceu, muito foi que lhe doeu o desfecho. Ela se aleijou na razão. Para sarar as ideias, lhe internaram. Levaram-lhe no hospital, nem mais quiseram saber. Rosa não tinha visitas, nunca recebeu remédio de alguma companhia. Ela se condizia sozinha, despovoada. Fez-se irmã das pedras, de tanto nelas se encostar. Paredes, chão, teto: só a pedra lhe dava tamanho. Rosa se pousava, com a leveza dos apaixonados, sobre os frios soalhos. A pedra, sua gémea.

Quando teve alta, a corcunda saiu à procura de sua alma minéria. Foi então que se enamorou das estátuas, solitárias e compenetradas. Vestia-lhes com ternura e respeito. Dava-lhes de beber, acudia-lhes nos dias de chuva, nos tempos de frio. A estátua dela, a preferida, era a do pequeno jardim, frente à nossa casa. Era monumento de um colonial, nem o nome restava legível. Rosa desperdiçava as horas na contemplação do busto. Amor sem correspondência: o estatuado permanecia sempre distante, sem dignar atenção à corcovada.

Da nossa varanda lhe víamos, nós, sob o zinco, em nossa casa de madeira. Meu pai, sobretudo, lhe via. Calava-se em si, todo. Era a loucura da corcunda que fazia voar nossos juízos? O meu tio brincava, para salvar o nosso estado:

— *Ela é como o escorpião, leva o veneno nas costas.*

Dividíamos os risos. Todos, exceto meu pai. Sobejava intacto, grave.

— *Ninguém vê o cansaço dela, vocês. Sempre a carregar as costas nas costas.*

Meu pai se afligia muito dos cansaços alheios. Ele, em si, não se dava a fatigar. Sentava-se. Servia-se dos muitos sossegos da vida. Meu tio, homem de expedientes, lhe avisava:

— *Mano Juca, desarasca lá uma maneira de viver.*

Meu pai nem respondia. Parecia mesmo que ele mais se tornava encostadiço, cúmplice da velha cadeira. Nosso tio tinha razão: ele carecia de ocupação salariável. O único despacho de seu fazer era alugar os próprios sapatos. Domingo, chegavam os do clube dele, paravam a caminho do futebol.

— *Juca, vimos por causa os sapatos.*

Ele acenava, lentíssimo.

— *Já sabem o contrato: levam e, depois, quando regressarem, contam como foi o jogo.*

E inclinava-se para tirar os sapatos debaixo da cadeira. Baixava-se com tanto esforço que parecia estar a apanhar o próprio chão. Subia o par de sapatos e olhava-lhes em fingida despedida:

— *Custa-me.*

Só por causa do médico é que ele ficava. Proibiram-lhe os excessos do coração, pressas no sangue.

— *Porcaria de coração.*

Batia no peito para castigar o órgão. E voltava à conversa com o calçado:

— *Vejam lá, vocês, sapatinhos: hora certa, regressam de volta.*

E recebia, adiantado, os dinheiros. Ficava por muito gesto a contar as notas. Era como se lesse um gordo livro, desses que gostam mais dos dedos que dos olhos.

Minha mãe: era ela que metia os pés na vida. Muito cedo saía, rumo dela. Chegava ao bazar, a manhã ainda era pequena. O mundo transparecia, em estreia solar. A mãe arrumava a banca antes das outras vendedeiras. Entre couves empilhadas, se via a cara dela, gorda de tristes silêncios. Ali se sentava, ela e o corpo dela. Na luta pela vida, a mamã nos fugia. Chegava e partia no escuro. À noite, lhe escutávamos, ralhando com a preguiça do pai.

— Juca, você pensa a vida?

— Penso, até muito.

— Sentado?

Meu pai se poupava nas respostas. Ela, só ela, lastimava:

— Eu, sozinha, no serviço dentro e fora.

Aos poucos, as vozes se apagavam no corredor. De minha mãe ainda sobravam suspiros, desmaios da sua esperança. Mas nós não dávamos culpa a meu pai. Ele era um homem bom. Tão bom que nunca tinha razão.

E assim, em nosso pequeno bairro, a vida se resumia. Até que, um dia, nos chegou a notícia: a Rosa Caramela tinha sido presa. Seu único delito: venerar um colonialista. O chefe das milícias atribuiu a sentença: saudosismo do passado. A loucura da corcunda escondia outras, políticas razões. Assim falou o comandante.

Não fora isso, que outro motivo teria ela para se opor, com violência e corpo, ao derrube da estátua? Sim, porque o monumento era um pé do passado rasteirando o presente. Urgia a circuncisão da estátua para respeito da nação.

Do modo que levaram a velha Rosa, para cura de alegadas mentalidades. Só então, na ausência dela, vimos o quanto ela compunha a nossa paisagem.

Ficámos tempos sem escutar suas notícias. Até que, certa tarde, nosso tio rasgou os silêncios. Ele vinha do cemitério, chegado do enterro de Jawane, o enfermeiro. Subiu as pequenas escadas da varanda e interrompeu o descanso de meu pai. Coçando as pernas, o meu velhote piscou os olhos, calculando a luz:

— *Então, trouxeste os sapatos?*

O tio não respondeu logo. Estava ocupado a servir-se da sombra, curando-se da transpiração. Soprou nos próprios lábios, cansado. No seu rosto eu vi aquele alívio de quem regressa de um enterro.

— *Estão aqui, novinhos. Eh pá, Juca, me fizeram jeito esses sapatos pretos!*

Procurou nos bolsos, mas o dinheiro, que sempre tem modos rápidos ao entrar, demorou a sair. Meu pai lhe emendou o gesto:

— *A você não aluguei. Somos da família, calçamos juntos.*

O tio se sentou. Puxou da garrafa de cerveja e encheu um copo grande. Depois, com ciência, pegou numa colher de pau e retirou a espuma para outro copo. Meu pai serviu-se desse copo, só com espuma. Proibido nos líquidos, o velho se dedicava só nos espumantes.

— *É leve, a espuminha. O coração nem nota a passagem dela.*

Se consolava, olhos em riste como se alongasse o pensamento. Não passava de fingimento aquele afundar-se em si.

— Estava cheio o enterro?

Enquanto desamarrava os sapatos, meu tio explicou a enchente, multidões pisando os canteiros, todos a despedirem do enfermeiro, coitado, também ele se morreu.

— Mas matou-se mesmo?

— Sim, o gajo se pendurou. Encontraram-lhe já estava duro, parecia gomadinho na corda.

— Mas matou-se por qual razão?

— Não sei lá. Dizem foi por motivo de mulheres.

Calaram-se os dois, sorvendo os copos. O que mais lhes doía não era o facto mas o motivo.

— Morrer assim? Mais vale falecer.

Meu velho recebeu os sapatos e inspeccionou-lhes com desconfiança:

— Esta terra vem de lá?

— É onde, esse lá?

— Pergunto se vem do cemitério.

— Talvez vem.

— Então vai lá limpar, não quero poeira dos mortos aqui.

Meu tio desceu as escadas e sentou-se no último degrau, escovando as solas. No enquanto, foi contando. A cerimónia decorria-se, o padre executava as rezas, abastecendo as almas. De repente, o que sucede? Aparece a Rosa Caramela, vestida de máximo luto.

— A Rosa já saiu da prisão? — perguntou, atónito, o meu pai.

Sim, saíra. Numa inspeção à cadeia, lhe deram amnistia. Ela era louca, não tinha crime mais grave. Meu pai insistia, admirado:

— Mas ela, no cemitério?

O tio prosseguiu o relato. A Rosa, por baixo das costas, toda de negro. Nem um corvo, Juca. Foi entrando, com modos de coveira, espreitando as sepulturas. Parecia escolher o buraco dela. No cemitério, você sabe, Juca, lá ninguém demora a visitar as covas. Passamos depressa. Só essa corcunda, a gaja...

— *Conta o resto* — cortou o meu pai.

Seguiu-se a narração: a Rosa, ali, no meio de todos, começou a cantar. Com educado espanto, os presentes a fixavam. O padre mantinha a oração mas ninguém já lhe ouvia. Foi então que a marreca começou a despir.

— *Mentira, mano.*

Fé de Cristo, Juca, me desçam duas mil facas. Despiu. Foi tirando os panos, com mais vagar que esse calor de hoje. Ninguém ria, ninguém tossia, ninguém nada. Já nua, esroupada, ela se chegou junto à campa do Jawane. Encimou os braços, lançou as roupas dela na cova. A multidão receou a visão, recuou uns passos. A Rosa, então, rezou:

— *Leva essas roupas, Jawane, te vão fazer falta. Porque tu vais ser pedra, como os outros.*

Olhando os presentes, ela ergueu a voz, parecia maior que uma criatura:

— *E agora: posso gostar?*

Os presentes recuaram, só se escutava a voz da poeira.

— *Hein? Deste morto posso gostar! Já não é dos tempos. Ou deste também sou proibida?*

O meu pai deixou a cadeira, parecia quase ofendido.

— *Falou assim, a Rosa?*

— *Autêntico.*

E o tio, já predispronto, imitava a corcunda, seu corpo vesgo: e este, posso-lhe amar? Mas o meu velhote se escapou a ouvir.

— *Cala-te, não quero ouvir mais.*

Brusco, ele largou o copo pelos ares. Queria despejar a espuma mas, de injusto lapso, saiu-lhe o copo todo da mão. Como se pedisse desculpa, meu tio foi apanhando os vidrinhos, tombados de costas pelo quintal.

    Nessa noite, eu desconsegui de dormir. Saí, sentei a insónia no jardim da frente. Olhei a estátua, estava fora do pedestal. O colono tinha as barbas pelo chão, parecia que era ele mesmo quem tinha descido, por soma de grandes cansaços. Tinham arrancado o monumento mas esqueceram de o retirar, a obra requeria acabamentos. Senti quase pena do barbudo, sujo das pombas, encharcado de poeira. Me acendi, vindo ao juízo: estou como a Rosa, pondo sentimento nos pedregulhos? Foi então que vi a própria, a Caramela, parecia chamada pelos meus conjuros. Fiquei quase gelado, imovente. Queria fugir, minhas pernas se negavam. Estremeci: eu me convertia em estátua, virando assunto das paixões da marreca? Horror, me fugisse a boca para sempre. Mas, não. A Rosa não parou no jardim. Atravessou a estrada e chegou-se às escadinhas de nossa casa. Baixou-se nos degraus, limpou deles o luar. Suas coisas se pousaram num suspiro. Depois, ela se entartarugou, aprontando-se, quem sabe, ao sono. Ou fosse de sua intenção apenas a tristeza. Porque lhe escutei chorar, num murmúrio de águas escuras. A corcunda se derramava, parecia era vez dela se estatuar. Me infindei, nessa visagem.

    Foi, então. Meu pai, em apuros de silêncio, abriu a porta da varanda. Lento, se aproximou da corcunda. Por instantes, ficou debruçado sobre a mulher. Depois, movendo a mão como se fosse um gesto só sonhado, lhe tocou os cabelos. Rosa nem se esboçava, a princípio. Mas, depois, foi saindo de si, rosto na metade da luz. Olharam-se os dois, ganhando beleza. Ele, então, sussurrou:

— *Não chora, Rosa.*

Eu quase não ouvia, o coração me chegava aos ouvidos. Me aproximei, sempre por trás do escuro. Meu pai lhe falava ainda, aquela sua voz nem eu lhe havia nunca ouvido.

— *Sou eu, Rosa. Não lembra?*

Eu estava no meio das buganvílias, seus picos me rasgavam. Nem sentia. O assombro me espetava mais que os ramos. As mãos de meu pai se afundavam no cabelo da corcunda, pareciam gente, aquelas mãos, pareciam gente se afogando.

— *Sou eu, Juca. O seu noivo, não lembra?*

Aos poucos, Rosa Caramela se irrealizou. Ela nunca tanto existira, nenhuma estátua lhe merecera tantos olhos. Meigando ainda mais a voz, meu pai lhe chamou:

— *Vamos, Rosa.*

Sem querer eu já saíra das buganvílias. Eles me podiam ver, nem me fazia nenhum estorvo. Parecia a Lua até atiçou seu brilho quando a corcunda se ergueu.

— *Vamos, Rosa. Pega suas coisas, vamos embora.*

E foram-se os dois, noite adentro.

A MENINA SEM PALAVRA

(segunda estória para a Rita)

A menina não palavreava. Nenhuma vogal lhe saía, seus lábios se ocupavam só em sons que não somavam dois nem quatro. Era uma língua só dela, um dialecto pessoal e intransmixível? Por muito que se aplicassem, os pais não conseguiam percepção da menina. Quando lembrava as palavras ela esquecia o pensamento. Quando construía o raciocínio perdia o idioma. Não é que fosse muda. Falava em língua que nem há nesta actual humanidade. Havia quem pensasse que ela cantasse. Que se diga, sua voz era bela de encantar. Mesmo sem entender nada as pessoas ficavam presas na entonação. E era tão tocante que havia sempre quem chorasse.

Seu pai muito lhe dedicava afeição e aflição. Uma noite lhe apertou as mãozinhas e implorou, certo que falava sozinho:

— Fala comigo, filha!

Os olhos dele deslizaram. A menina beijou a lágrima. Gostoseou aquela água salgada e disse:

— Mar...

O pai espantou-se de boca e orelha. Ela falara? Deu um pulo e sacudiu os ombros da filha. *Vês, tu falas, ela fala, ela fala!* Gritava para que se ouvisse. *Disse mar, ela disse mar*, repetia o pai pelos aposentos. Acorreram os familiares e se debruçaram sobre ela. Mas mais nenhum som entendível se anunciou.

O pai não se conformou. Pensou e repensou e elabolou um plano. Levou a filha para onde havia mar e mar depois do mar. Se havia sido a única palavra que ela articulara em toda a sua vida seria, então, no mar que se descortinaria a razão da inabilidade.

A menina chegou àquela azulação e seu peito se definhou. Sentou-se na areia, joelhos interferindo na paisagem. E lágrimas interferindo nos joelhos. O mundo que ela pretendera infinito era, afinal, pequeno? Ali ficou simulando pedra, sem som nem tom. O pai pedia que ela voltasse, era preciso regressarem, o mar subia em ameaça.

— *Venha, minha filha!*

Mas a miúda estava tão imóvel que nem se dizia parada. Parecia a águia que nem sobe nem desce: simplesmente, se perde do chão. Toda a terra entre no olho da águia. E a retina da ave se converte no mais vasto céu. O pai se admirava, feito tonto: por que razão minha filha me faz recordar a águia?

— *Vamos, filha! Caso senão as ondas nos vão engolir.*

O pai rodopiava em seu redor, se culpando do estado da menina. Dançou, cantou, pulou. Tudo para a distrair. Depois, decidiu as vias do facto: meteu mãos nas axilas dela e puxou-a. Mas peso tão toneloso jamais se viu. A miúda ganhara raiz, afloração de rocha?

Desistido e cansado, se sentou ao lado dela. Quem sabe cala, quem não sabe fica calado? O mar enchia a noite de silêncios, as ondas pareciam já se enrolar no peito assustado do homem. Foi quando lhe ocorreu: sua filha só podia ser salva por uma história! E logo ali lhe inventou uma, assim:

Era uma vez uma menina que pediu ao pai que fosse apanhar a lua para ela. O pai meteu-se num barco e remou para longe. Quando chegou à dobra do horizonte pôs-se em bicos de sonhos para alcançar as alturas. Segurou o astro com as duas mãos, com mil cuidados. O planeta era leve como uma baloa.

Quando ele puxou para arrancar aquele fruto do céu se escutou um rebentamundo. A lua se cintilhaçou em mil estrelinhações. O mar se encrispou, o barco se afundou, engolido num abismo. A praia se cobriu de prata, flocos de luar cobriram o areal. A menina se pôs a andar ao contrário de todas as direcções, para lá e para além, recolhendo os pedaços lunares. Olhou o horizonte e chamou:

— *Pai!*

Então, se abriu uma fenda funda, a ferida de nascença da própria terra. Dos lábios dessa cicatriz se derramava sangue. A água sangrava? O sangue se aguava? E foi assim. Essa foi uma vez.

Chegado a este ponto, o pai perdeu voz e se calou. A história tinha perdido fio e meada dentro da sua cabeça. Ou seria o frio da água já cobrindo os pés dele, as pernas de sua filha? E ele, em desespero:

— *Agora, é que nunca.*

A menina, nesse repente, se ergueu e avançou por dentro das ondas. O pai a seguiu, temedroso. Viu a filha apontar o mar. Então ele vislumbrou, em toda extensão do oceano, uma fenda profunda. O pai se espantou com aquela inesperada fractura, espelho fantástico da história que ele acabara de inventar. Um medo fundo lhe estranhou as entranhas. Seria naquele abismo que eles ambos se escoariam?

— *Filha, venha para trás. Se atrase, filha, por favor...*

Ao invés de recuar a menina se adentrou mais no mar. Depois, parou e passou a mão pela água. A ferida líquida se fechou, instantânea. E o mar se refez, um. A menina voltou atrás, pegou na mão do pai e o conduziu de rumo a casa. No cimo, a lua se recompunha.

— *Viu, pai? Eu acabei a sua história!*

E os dois, iluaminados, se extinguiram no quarto de onde nunca haviam saído.

O APOCALIPSE PRIVADO
DO TIO GEGUÊ

— *Pai, ensina-me a existência.*
— *Não posso. Eu só conheço um conselho.*
— *E é qual?*
— *É o medo, meu filho.*

História de um homem é sempre mal contada. Porque a pessoa é, em todo o tempo, ainda nascente. Ninguém segue uma única vida, todos se multiplicam em diversos e transmutáveis homens.

Agora, quando desembrulho minhas lembranças eu aprendo meus muitos idiomas. Nem assim me entendo. Porque enquanto me descubro, eu mesmo me anoiteço, fosse haver coisas só visíveis em plena cegueira.

Nasci de ninguém, fui eu que me gravidei. Meus pais negaram a herança das suas vidas. Ainda sujo dos sangues me deixaram no mundo. Não me quiseram ver transitando de bicho para menino, ranhando babas, magro até na tosse.

O único que tive foi Geguê, meu tio. Foi ele que olhou meu crescimento. Só a ele devo. Ninguém mais pode contar como eu fui. Geguê é o solitário guarda dessa infinita caixa onde vou buscar meus tesouros, pedaços da minha infância.

No entanto, ele me trazia pouco: uma côdea, um lixo limpinho. De onde arrancava o sustento ele não falava. Sua conversa sempre era miúda, chuva que nem molhava, água arrependida de cair. Servia-se de sonhos:

— Amanhã, amanhã.

Foi essa instrução que ele me deu: lições de esperança quando já havia desfalecido o futuro. Pois eu aconteci num tempo de caminhos cansados. Meu tio me protegia os aguardos, sugerindo que outras cores brilhavam no longe.

— Levantamos cedo e partimos para lá. Amanhã.

Não havia cedo nem lá. E amanhã era ainda o mesmo dia. O tio inventava missões. Um pobre nem pode subornar o destino. Ele para si aldraba expectâncias, impossíveis lugares e tempos.

Um dia me trouxe uma bota de tropa. Grande, de tamanho sobrado. Olhei aquele calçado solteiro, demorei o pé. Duvidava entre ambos, esquerdo e direito. Um sapato sem par tem algum pé certo?

— Não gosta, é?

— Gosto, gosto.

— Então?

— É que falta o atacador — menti.

Geguê raivou-se. A paciência dele era muito quebradiça.

— Você sabe de onde vem essa bota?

A botifarra estava garantida pela história: tinha percorrido os gloriosos tempos da luta pela independência.

— São botas veteranas, essas.

Então, ele me malditou: eu era um sem-respeitoso, sem subordinação à pátria. Eu haveria de chorar, tropeçado e pisado. Ou eu estava à espera que as estradas amolecessem para eu andarilhar com agrado?

— Não quer calçar, pois não?

Pegou na bota e atirou para longe. O estranho então sucedeu: lançada no ar a bota ganhou competência volátil. A coisa voejava em velozes rodopios. O tio Geguê desafiara os espíritos da guerra?

Nessa noite, não sei se resultado da zanga, eu tiritacteava no escuro. A febre me engasgava o corpo, fogueirando-me o peito. Sonhava de olhos abertos. Mais que abertos: acesos. Sonhava com minha mãe, era ela, eu sei, embora que nunca lhe vi. Mas era ela, não havia outra doçura assim. Me segurou os braços e me chamou: filho, meu filho. Eu me arrepiei, nunca aquelas palavras tinham pousado na minha alma. Ela, o que queria? Nada, só me vinha pedir bondades. Eu que não virasse costas ao coração. O meu comportamento — essa seria sua recompensa. Mãe, chamei eu, mãe, me leve daqui. Mas ela não me escutava, parecia as minhas palavras tombavam antes de lhe tocar. Ela continuava seus conselhos, insistindo no valor das bondades. Mãe, eu tenho muito frio, leva-me junto consigo. Ela então me dispensou suas mãos, em concha de carinho. Naquele instante, por obra do encanto, eu me desorfanava.

Repente, um ruído me trouxe ao corpo. Era o tio Geguê. Suas mãos estavam deitadas entre as minhas, ali deixadas. Aquele encosto era seu tratamento, o remédio maior que ele sabia: chamava lembranças mais recuadas que meu próprio nascimento.

— Tio, minha mãe, ela não estava aqui?

— Cala, bebe essa água.

Aquela ilusão me dera uma outra febre: eu carecia daquela presença, sofria já a demora de nova aparição. Enquanto eu beberava, senti o suor escorrer por dentro, meu sangue aguava. Nesse rio interior eu afoguei, extraviei meus sentidos. No fim de tudo, na fronteira da luz, havia um porém, um nada sem fim: minha mãe. Por que motivo ela me surgira das febres? E que aviso era aquele contra a maldade?

Na manhã seguinte, acordei longe da véspera. Olhei o azul em volta. O tio Geguê até que tinha razão: existia um amanhã. Ali estava, com o sol estreando cores e belezas. Quis dividir o sentimento mas o Geguê já tinha ido. Assim, só eu me festejei. Tinha vencido a doença, regressara da visita aos infernos. Fixei o céu, procurando Deus. Mas eu não tinha vistas para tão longe. Me ecoavam as palavras de minha mãe, fosse ela a amostra dos divinos. Como podia acontecer aquela voz? Ela era ninguém, só podia usar silêncios.

Deixei o assunto. Quem me acendeu a pergunta me haveria de dar a resposta. Saí aos tropeços pelo atalho. Onde ia, de passos tão fracos? Melhor seria eu me restar, cuidando das minhas forças. Mas havia um secreto motivo que me empurrava para o caminho. Sem me guiar eu acabei junto à mafurreira, lugar onde pousara a bota. Mas ela já não dormia ali. Um passeante me explicou: passou aqui o teu tio, junto com o camarada secretário. Tiveram um bocadinho de reunião, discutiram a temática da bota. O secretário se pronunciou: esta bota é demasiado histórica, não pode sofrer destino da lixeira. Geguê concordara, não se podia deitar tamanha herança fora. Mas o camarada secretário corrigira:

— Seu engano, Geguê: é preciso deitar esta porcaria fora.

— Deitar? Mas não é muito histórica, a bota?

Por isso mesmo, respondeu o secretário. Mas não podemos fazer às vistas públicas. O Geguê quanto menos entendia mais concordava:

— *Isso, isso.*
— *Fazemos sabe o quê, ó Geguê?*
— *E será o quê, camarada chefe?*
— *Vamos afogar essa bota lá nos pântanos.*

E foram. O passeante não mais sabia dos dois. Retornei à casa, à espera do Geguê. Veio a noite e ele sem regressar. Me afligi: teria havido uma situação? O tio, esse que me dera sombra à vida, teria sido levado? Ele que sempre fora de nenhum emprego, teria sido carregado para Niassa, na campanha contra os improdutivos?

Na angústia da demora, eu me avaliava. Afinal, aquele homem já me era muito paterno. E eu nele me filiava, fosse verdade eu sair de seu corpo. Pensava assim quando lhe vi chegar. Como era seu hábito, rodeou a casa. Comentava o jeito: o escaravelho dá duas voltas antes de entrar no buraco. Quando se aproximou da luz, eu vi a surpresa — no seu braço havia uma braçadeira vermelha, onde estava pintado a letras negras: G. V.

— *Grupo de Vigilância, sim senhor. Agora também sou.*

Meu tio, vigilante? Não era possível. Um vigiado, ainda vá lá. Porque, em justiça, ele apenas merecia desconfianças. Seu sustento era digno de gorda suspeita. Se eu nada perguntava era para evitar manchar meu sentimento de filho. Preferia não saber. Mas agora ele desempenhar o serviço da vigilância popular? Com certeza, estava só experimental. No entanto, ele se confirmou: era um. De pano vermelho sobre a camisa esfarrapada, meu tio despachava mandos:

— *Shote-kulia, shote-kulia.*

E vendo como enchia de vaidade a sua magreza, marchando aos nobres tropeções, dobrei os risos. Ele reagiu, sério:

— *Vão-me dar os treinos, não sabia?*

Falava. Ainda assim, somei dúvidas. Era possível? Entregar-se a chave da porta ao próprio ladrão? Como podia ser ele um defensor da Revolução?

— E agora — perguntei —, lhe chamo de camarada, tio?

Você deve compreender, respondeu. Não se pode ficar toda a vida pequeno. Sabe quem me escolheu? Foi o secretário, o próprio. Me conhece desde, somos primos, quase familiares. E terminou com ameaças: agora é que esses gajos vão saber quem sou eu, Fabião Geguê.

Na tarde seguinte, partiu-se embora. Foi para os treinos, no quartel dos milicianos. Ficou semanas, voltou sem saber maiores artes. Nem disparar não sabia. Só marchava: shote-kulia, shote-kulia.

Tinha o corpo bastante lamentável das fadigas que lhe mandaram. Ele olhou-me, suspirou fundo. Depois, deitou-se e fechou os olhos.

— Tio, vai dormir todo assim? Tira a farda, ao menos.

— Cala-te a boca. Se cansei com a farda, devo descansar com ela também.

Mandou-me aquecer o chá. Não queria adormecer com o estômago acordado. Assim, como estou, nem distingo as costas da barriga, reclamava ele.

— O chá não posso fazer, tio. Não há folha.

— Não faz mal, bebemos só assim: chá de água.

Mas quando a água ferveu já ele dormia. Também eu adormecia quando escutei sombras. Da silhueta saiu uma mulher, capulana sobre as costas. Protegeu o rosto com o braço, tossiu o fumo que subia da fogueira. Quando me notou, apontou para o chão:

— Esse aí é o Geguê?

Confirmei. Ela preparava-se para sacudir o dormitoso mas eu, pressentindo o milando, me adiantei:

— Não lhe acorde, mamã. Ele está um pouco doente.

Ela virou a cara. Suas faces se acenderam inteiras na luz. Então eu vi que não era uma mãe. Não passava de uma rapariga da minha idade. Era bela, com olhos de convidar desejos, o corpo à flor da pele.

— Me chamo de Zabelani.

Era dona do nome. Falava em sussurro, parecia voz nascida de asas, não de garganta. Meu tio devia estar acordado mas nem mexeu. Estava quieto com a competência de um falecido. A menina resolveu sentar. Nem eu imaginava aquela habilidade de sentar tão redondo corpo num mínimo caixotinho de madeira. O assento balançava mas não reclamava.

— E tu quem és?

— Sou sobrinho do Geguê.

Fez uma pausa, como se tivesse ausentado. Esfregando os braços pediu que alimentasse a fogueira. O fogo está com frio, disse.

— Vens ficar connosco? — perguntei.

Sim, era esse o seu propósito. Ela se relatou: viera fugida dos terrores no campo. O mundo lá se terminava, em flagrante suicídio. Seus pais tinham desaparecido em anónimo paradeiro, raptados por salteadores. Tudo aquilo ela contava sem o deslize da mais breve lágrima.

— Agora venho ficar aqui. Geguê é meu tio, também.

Preparei uma esteira, dei-lhe manta. Adormeceu logo. Era manhã elevada e ela ainda dormia. O tio Geguê contemplava o corpinho enroscado e abanava a cabeça:

— Esta menina vai desafinar o teu juízo, rapaz.

Proverbiava: duas árvores só atrapalham o caminho. Vocês, juntos, me vão trazer grande chatice. Enquanto matabichávamos ele me aconselhava, em vagas dicções. A redondura das ilhas, dizia, é o mar que faz. A beleza dessa menina, meu sobrinho, é você que lhe põe. As mulheres são muito extensas, a gente viaja-lhes, a gente sempre se perde.

— Mas, tio: *nem cheguei de olhar essa menina.*

Geguê prosseguia. Eu que frequentasse a quantidade e a variedade. Mas nunca, nunca aplicasse despesa em nenhuma mulher. Fosse pelo velho lobolo, fosse por modernas tradições: eu me devia furtar aos anéis. A melhor família qual é? São os desconhecidos parentes dos estranhos. Só esses valem. Com os outros, intrafamiliares, nascemos já com dívidas. O tio Geguê negava os valores da tradição, o laço da família, vizinhando as existências.

Os dias passaram. Quase eu deixei de ver meu tio. Ele saía logo cedo, ocupado em segredos. Não seriam coisas válidas, com certeza. No enquanto, eu passeava com Zabelani. No caminhar do tempo, eu reconhecia o aviso de Geguê. Aquela menina me obrigava a urgentes adiamentos. Com ela eu aprendia uma tontura: eu muito queria, pouco sabia. Todo o meu corpo sonhava mas eu temia as ocasiões. Seria aquele amor um estado de infinita chegada? Ou será que, de novo, Fabião Geguê se confirmava: a mulher da nossa vida é sempre futura?

Na tarde de um sábado, levei Zabelani para um desses lugares só meus. Caminhámos por baixo dos coqueiros, vagueámos entre seus oscilaçantes pescoços. A brisa animava as copas: para cá, indo; para lá, vindo. No capinzal, os bois divagavam enquanto as garças soltavam súbitos branquejos na paisagem. Zabelani se abrandava, amolentada. Nossas mãos se tocavam, de um roçar só leve, distraído. Ela parou e me pediu: mostra onde corre o rio. Apontei o fundo da paisagem. Sempre de costas, ela se foi chegando, aconchegando. Até que todas as suas formas se afeiçoaram ao meu corpo. Eu sentia a pele chegar aos nervos. Então ela deixou tombar a saia e, com os vagares da lua, rodou até me enfrentar. O instante foi fundo, quase eterno. Para mais do rio se escutava apenas a nossa respiração.

Quando regressámos o tio Geguê me chamou para um canto. Eu esperava suas reprovações mas ele demorava, mastigando uma ervinha.

— *Andas a comer essa gaja?*
— *Tio, não fala assim...*
— *Falo, sim* — e cuspiu: — *Putas!*

E logo ele ordenou que Zabelani arrumasse suas coisas. Seria levada dali, separada de mim, posta em lugar que só ele saberia. Me soltei às fúrias, tudo numa gritaria. Meu tio me desconhecia. Maldiçoei a malandrice dele, sua costumada fuga ao trabalho. Mesmo eu lhe queria agredir, mas ele segurava meus braços. A bem escrever, eu proferia mais choro que palavras. Ele me baixou as mãos, prendendo-me a mim mesmo. Cansado de choramingar, me acalmei. Sentámos, um triste sorriso veio a seu rosto. A zanga recolhera seus azedos, o ar amolecia.

— *Sabe, meu filho? Vou-te dizer: o trabalho é uma coisa muito infinita.*

Ele adoçava um entendimento — que aquilo, nele, nem preguiça nem era. Ele apenas estava a tirar rendimento dos vagares do mundo, sem se desperdiçar. Eu que não mal-julgasse suas poupanças: nesta vida só os presentes sofrem. Vantagem do ausente: ele sempre não se agasta.

— *Veja você, meu sobrinho: um boi. Dentro da água, um boi será que nada? Não, ele apenas se preguiça na corrente. A esperteza do boi é levar a água a trabalhar na viagem dele.*

Sorri, ensonado. Essa é a garantia do pranto, dar um total cansaço. Depois, já nem nós importamos. Geguê ia levar aquela que amava. Mas eu já nem me opunha. Rendido às pálpebras, me sobrava só uma réstia da alma.

— *Isso, sobrinhinho: dorme. Porque amanhã, muito cedo, te vou ensinar maneira de um tipo desenrascar nesta vida.*

Geguê me acordou cedo. Ordenou que me lavasse e me aprontasse. Olhei em volta, Zabelani já tinha sido levada. Me permaneci, sem coragem de perguntar. Nem a cara de Geguê podia dar ânimos. Sentei, escutei-lhe. O plano dele era simples: você vai na casa da tia Carolina, assalta o galinheiro, rouba as cujas galinhas. Depois, pega fogo nas traseiras.

— Mas, tio...
— Vai, não demora.

Ele acrescentou: aquilo era um começo. Seguiam-se outras casas. Eu devia espalhar confusões, divulgar medos. Geguê se implementava, acrescido de farda, promovido de poderes.

— Mas, tio, o senhor, um miliciano, como pode...
— Ou você pensa um milícia existe enquanto há paz?

Eu me neguei. Primeiro, sofri suas ameaças. Eu recusasse e ele muito se consequenciaria. Não esquecesse eu que ele guardava o destino de Zabelani. Depois, escutei suas promessas: se eu aceitasse não haveria de me lamentar.

Parti, fui sem mim. Executei maldades, tantas que eu já nem

recordava as primeiras. Ao cabo de vastas crueldades, já eu me receava. Porque ganhara quase gosto, orgulhecia-me.

Dessas maldades me ficava uma surpresa: eu nunca sofria arrependimento. Era deitar e dormir. Onde estava, afinal, a minha consciência? O tio respondia:

— *Não há bons nesse mundo. Há são maldosos com preguiça.*

Fique o Geguê, sua palavra. Porque, afinal? Será que pode haver bondade num mundo que já não espera nenhuma coisa? Sempre me repeti — há os que querem, há os que esperam. Agora, no bairro já não havia nem querer nem espera.

Finalmente, se explicava o sonho da minha mãe. Aquilo nem foi sonho, foi miragem de sonho. Eu, afinal, nascera sem princípio, sem nenhum amor. Como pretendia minha mãe ensinar meu tardio coração? Fosse ainda a Zabelani talvez ela pudesse açucarar o meu formato. Mas meu tio me proibia eu só lhe lembrar. Os amores enfraquecem o homem, você será dado outras tarefas, mais bravas missões. Passado um tempo, meu tio me entregou uma espingarda. Olhei a arma, cheirei o cano, o perfume da morte.

— *Levas um pano, escondes a cara. Não podem saber quem és.*

O Geguê não era punido pela consciência. Tudo era leve como sua vigente risada:

— *Os gajos vão panicar bem.*

Com a arma, eu aperfeiçoei malvadezes. Assaltava currais, vazava cantinas. Quando não roubava, mascarado, eu era adjunto de milícia. Acumulava, por turnos, o polícia e o gatuno. Para o efeito, o tio me aplicara a braçadeira vermelha. Assim, já eu podia espalhar castigos. Muito-muito me agradava controlar a estrada. Tirar dos cestos as galinhas, exigir as guias de marcha, desamarrar os cabritos. E complicar os documentos:

— Essa foto é sua?
— É sim, faz favor.
— Mas está muito clara.
— Não é minha culpa: o retratista me tirou assim.
Eu gozava aqueles gaguejos. Embrulhava:
— Ou será que você tem vergonha da sua raça?

No final, decretava sanções: carretar pedras, covar buracos, capinar terreno. Aos poucos, por obra minha e do Geguê, nascera uma guerra. Ali já ninguém era dono de longas circunstâncias. Casa, carro, propriedades: tudo se tinha tornado demasiado mortal. Tão cedo havia, tão cedo ardia. Entre os mais velhos já se espalhara saudade do antigamente.

— Mais valia a pena...

E todo suspiravam: houvesse uma lei, qualquer que fosse. Mas que autorizasse a pessoa, em seus humanos anseios. Alguns se amargavam, fazendo conta aos sacrifícios:

— Foi para isto que lutámos?

Até que, certa tarde, me surgiu o aviso. Foi um sinal, breve mas ditado letra por letra. Eu vinha pelo carreiro dos pântanos. Por ali, um grupo de homens pescava o ndoé. Sempre gostei de assistir esse trabalho, essa única pescaria que se faz na terra e não no mar. Os homens trazem lanças e espetam o chão, à procura dos buracos onde vive o peixe ndoé no tempo da seca. É bonito ver: repente, salta o peixe, cor de prata, no escuro matope. É o ndoé, bicho aquático que entende do ar, respirando fora e dentro.

Naquele momento, porém, eu sentia um aperto no peito. Sentei. Era como se a morte falasse dentro de mim, com suas surdas sibilâncias. Os homens tinham fisgado um peixe. O bicho se contracurvava, iluminado aos zigues brilhante aos zagues. Do ndoé não se pode esperar afogamento: é preciso cortar a cabeça. Assim fazia aquela gente, assentando o peixe numa pedra. Desta vez, tudo aquilo me fugia dos olhos, a realidade não me dava hospedagem. Enquanto o sangue escorria na lama eu recebi o sinal. Ali, no pleno matope: a bota militar. A mesma que eu recusara, a mesma que o meu tio deitara aos pântanos. Parecia escapar do seu tamanho, quase sem fronteira de si. Sobre ela se entornava o sangue, um vermelho de bandeira.

Os pescadores notaram a bota, recolheram, examinaram. Olharam para mim, encolheram os ombros e atiraram a bota. Ela veio cair junto de mim, pesada e grave. Eu então lhe peguei e, numa poça de água, lavei o dentro e o fora. Lhe apliquei cuidados como se fosse uma criança. Um menino órfão, tal qual eu. Depois, escolhi uma terra muito limpa e lhe dei digno funeral. Enquanto inventava a cerimónia me chegaram os toques da banda militar, o drapejo de mil bandeiras.

Era já tarde quando voltei à casa. Eu queria contar a Geguê aquele enterro. Não pude, nunca. Ele me empurrava, de ânsia carregada, mal que cheguei:

— *Dá cá minha parte, onde está a minha parte?*

Não entendi. Mas ele fervia em molho da sua zanga, já não falava língua nenhuma.

Exigia-me. Revistou as minhas coisas, mexeu no meu saco. Não encontrou o que procurava.

— *Mas tio, eu juro, não fiz nada.*

Ele segurou a cabeça com ambas as mãos. Duvidava-se, duvidava-me. Repetia: um malandro não corta o cabelo de outro malandro. Vendo-lhe assim vencido, eu me decidi a lhe dar consolos. Meu coração tonteava quando eu acarinhei o ombro dele. Geguê cedeu, aceitou minha verdade. Então se explicou: havia no bairro outras acontecências sanguíneas. Outros desordeiros cresciam, soldados de ninguém. Em todo o lado se propagavam assaltos, consporcarias, animaldades. A morte se tornara tão frequente que só a vida fazia espanto. Para não serem notados, os sobrevivos imitavam os defuntos. Por carecerem de vítima, os bandoleiros retiravam os corpos das sepulturas para voltarem a decepar-lhes.

— *Não andas com eles, sobrinho? Não te juntaste a esses bandos?*

Neguei. Mas a voz nem saiu. A garganta me estreitara, eu gaguejava silêncios. Como podia eu ter suficiência para tanto crime? Meu tio ficou parado, olhando a minha resposta. Ele não me acreditava.

— *Então, me diga: enterravas o quê, hoje, lá nos matopes?*

— *Enterrava a bota.*

Ele admirava: a bota? Se ela já estava deitada no fundo esquecimento? Que via eu naquela bota, que conversa eu tinha com aquele destroço? Ficou numerando dúvidas, uma, outra e outra. Pediu que eu prometesse o esquecimento daquele lixo. Prometi.

— *Tio, agora eu quero saber: onde fica a casa de Zabelani?*

Ele hesitou, eu insisti. Era urgente recolher aquela menina, salvar-lhe dos bandidos. Pode ser já é tarde, quem sabe, se indecidia o Geguê. Estes são perigos que ultrapassam a tua força, sobrinho.

— *Tio, faça-me o favor, me diga.*

Ele desviava: aquele tempo não contemplava amores. Como podia eu enamorar dela num lugar tão mortífero?

— *Tio, vamos salvar Zabelani.*

Enfim, ele pareceu vencido. Já amaldiçoava minha teimosia —

pode alguém conselhar uma lagartixa que a pedra em baixo está quente? Você, sobrinho, não vale a pena. Se a sua mãe lhe visse.
— Nunca mais me fala da minha mãe!
Geguê abismou-se. Eu passara a odiar aquela ausência. A sombra da mãe me trazia um insuportável peso. Não se pode sofrer de saudade de pessoa que nunca existiu, eu devia matar aquela ausência. Ser indígena de mim, assumir minha inteira natalidade.
— Essa menina, tio. Essa menina, agora, é a minha única mãe.
O tio levantou-se, deu-me as costas. Escondia lágrimas? Respeitei o seu retiro, nem espreitei. Ele entrou na casa, trouxe a arma. Segurou a minha mão e meteu nela algumas balas.
— Desta vez, levas as balas, verdadeiras.
Então, ele me passou a morada de Zabelani. Ficamos ainda um tempo de mãos dadas. Estranhei o Geguê, aquela sua tanta emoção. Meu tio parecia despedir-se.
Corri por dolorosas areias, suspeitando que o tempo já me antecipara. De facto, assim fora. Os vizinhos de Zabelani me relataram: a menina tinha sido levada nessa noite. Queimaram a casa, roubaram as validades. Podia os bandidos, só por seu expediente, terem praticado toda aquela sujeira?
— Digam, meus amigos: Vocês suspeitam quem?
Alguém guiou esses bandidos, disseram os presentes. Nem era desconfiança: foi visto o quem. Era um desses milícias. Não se retratara o focinho mas devia ser um amigo, um familiar. Porque Zabelani, ao ver o dito, saíra por sua vontade, braços abertos. E demais, que estranho poderia ser para conhecer o esconderijo da menina? Eram os ditos. Voltei à casa, a alma de rasto. Meus pés demoravam como se adiassem a ordem de toda minha raiva. Passei pelo pântano, lá onde dormia a bota, em sua subtérrea morada.

Cheguei ao nosso quintal, já descera o escuro. Dentro, brilhava um xipefo, meu tio não dormia. Parei na entrada, gritei seu nome. Ele surgiu à porta, arrastando os chinelos. O xipefo ficou por trás, ele só tinha contornos. O resto era sombra, nem o rosto lhe aparecia. Meu tio desaparecia na sua mesma silhueta, isso ajudou-me a ganhar força. Levantei a arma, apontei no desfoco das lágrimas. Geguê então falou. Suas palavras nem ganharam tradução, tanto cacimbavam meus sentidos.

— *Dispara, meu filho.*

Meus olhos me afugentavam de mim. Meu ódio, a contracorpo, me instruía — aquele era o certo momento. Nos breves segundos, eu visitei minha toda vida. Geguê ladeando-me os tempos, travesseiro único de meus fundos desânimos. Algum pássaro desmancha o ninho?

Mas o tio se avultava, cheio de insistência, nunca ele me pedira em tão humilde rogo:

— *Dispara, sobrinho. Sou eu que lhe peço.*

O tiro me ensurdeceu. Não ouvi, não vi. Se acertei, lhe cortei o fio da vida, isso ainda hoje me duvido. Porque, no momento, meus olhos se encheram de muitas águas, todas que me faltaram em anteriores tristezas. E fugi, correndo dali para nunca mais.

Agora penso: nem me merece a pena saber do destino daquela bala. Porque foi dentro de mim que aconteceu: eu voltava a nascer de mim, revalidava minha antiga orfandade. Ao fim, eu disparava contra todo aquele tempo, matando esse ventre onde, em nós, renascem as falecidas sombras deste velho mundo.

O EMBONDEIRO QUE SONHAVA PÁSSAROS

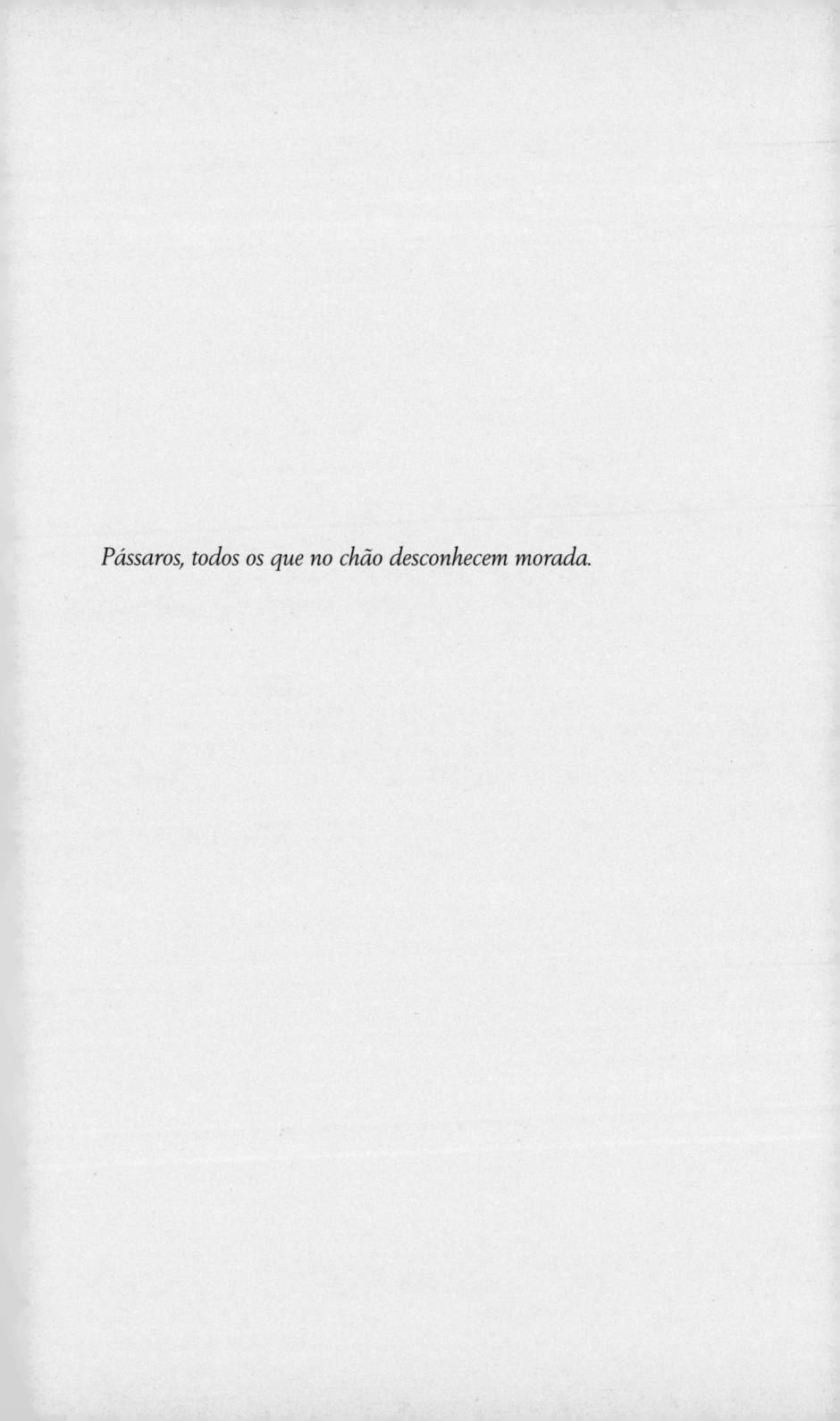

Pássaros, todos os que no chão desconhecem morada.

Esse homem sempre vai ficar de sombra: nenhuma memória será bastante para lhe salvar do escuro. Em verdade, seu astro não era o Sol. Nem seu país não era a vida. Talvez, por razão disso, ele habitasse com cautela de um estranho. O vendedor de pássaros não tinha sequer o abrigo de um nome. Chamavam-lhe o passarinheiro.

Todas manhãs ele passava nos bairros dos brancos carregando suas enormes gaiolas. Ele mesmo fabricava aquelas jaulas, de tão leve material que nem pareciam servir de prisão. Parecia eram gaiolas aladas, voláteis. Dentro delas, os pássaros esvoavam suas cores repentinas. À volta do vendedeiro, era uma nuvem de pios, tantos que faziam mexer as janelas:

— *Mãe, olha o homem dos passarinheiros!*

E os meninos inundavam as ruas. As alegrias se intercambiavam: a gritaria das aves e o chilreio das crianças. O homem puxava de uma muska e harmonicava sonâmbulas melodias. O mundo inteiro se fabulava.

Por trás das cortinas, os colonos reprovavam aqueles abusos.

Ensinavam suspeitas aos seus pequenos filhos — aquele preto quem era? Alguém conhecia recomendações dele? Quem autorizara aqueles pés descalços a sujarem o bairro? Não, não e não. O negro que voltasse ao seu devido lugar. Contudo, os pássaros tão encantantes que são — insistiam os meninos. Os pais se agravavam: estava dito.

Mas aquela ordem pouco seria desempenhada. Mais que todos, um menino desobedecia, dedicando-se ao misterioso passarinheiro. Era Tiago, criança sonhadeira, sem outra habilidade senão perseguir fantasias. Despertava cedo, colava-se aos vidros, aguardando a chegada do vendedor. O homem despontava, e Tiago descia a escada, trinta degraus em cinco saltos. Descalço, atravessava o bairro, desaparecendo junto com a mancha da passarada. O sol findava e o menino sem regressar. Em casa de Tiago se poliam as lástimas:

— *Descalço, como eles.*

O pai ambicionava o castigo. Só a brandura materna aliviava a chegada do miúdo, em plena noite. O pai reclamava nem que fosse esboço de explicação:

— *Foste a casa dele? Mas esse vagabundo tem casa?*

A residência dele era um embondeiro, o vago buraco do tronco. Tiago contava: aquela era uma árvore muito sagrada, Deus a plantara de cabeça para baixo.

— *Vejam só o que o preto anda a meter na cabeça desta criança.*

O pai se dirigia à esposa, encomendando-lhe as culpas. O menino prosseguia: é verdade, mãe. Aquela árvore é capaz de grandes tristezas. Os mais velhos dizem que o embondeiro, em desespero, se suicida por via das chamas. Sem ninguém pôr fogo. É verdade, mãe.

— *Disparate* — suavizava a senhora.

E retirava o filho do alcance paterno. O homem então se decidia a sair, juntar as suas raivas com os demais colonos. No clube, eles todos se aclamavam: era preciso acabar com as visitas do passarinheiro. Que a medida não podia ser de morte matada, nem coisa que ofendesse a vista das senhoras e seus filhos. O remédio, enfim, se haveria de pensar.

No dia seguinte, o vendedor repetiu a sua alegre invasão. Afinal, os colonos ainda que hesitaram: aquele negro trazia aves de belezas jamais vistas. Ninguém podia resistir às suas cores, seus chilreios. Nem aquilo parecia coisa deste verídico mundo. O vendedor se anonimava, em humilde desaparecimento de si:

— *Esses são pássaros muito excelentes, desses com as asas todas de fora.*

Os portugueses se interrogavam: onde desencantava ele tão maravilhosas criaturas? Onde, se eles tinham já desbravado os mais extensos matos?

O vendedor se segredava, respondendo um riso. Os senhores receavam as suas próprias suspeições — teria aquele negro direito a ingressar num mundo onde eles careciam de acesso? Mas logo se aprontavam a diminuir-lhe os méritos: o tipo dormia nas árvores, em plena passarada. Eles se igualam aos bichos silvestres, se concluíam.

Fosse por desdenho dos grandes ou por glória dos pequenos, a verdade é que, aos pouco-poucos, o passarinheiro foi virando assunto no bairro do cimento. Sua presença foi enchendo durações, insuspeitos vazios. Conforme dele se comprava, as casas mais se repletavam de doces cantos. Aquela música se estranhava nos moradores, mostrando que aquele bairro não pertencia àquela terra. Afinal, os pássaros desautenticavam os residentes, estrangeirando-

-lhes? Ou culpado seria aquele negro, sacana, que se arrogava a existir, ignorante dos seus deveres de raça? O comerciante devia saber que seus passos descalços não cabiam naquelas ruas. Os brancos se inquietavam com aquela desobediência, acusando o tempo. Sentiam ciúmes do passado, a arrumação das criaturas pela sua aparência. O vendedor, assim sobremisso, adiantava o mundo de outras compreensões. Até os meninos, por graça de sua sedução, se esqueciam do comportamento. Eles se tornavam mais filhos da rua que da casa. O passarinheiro se adentrara mesmo nos devaneios deles:

— *Faz conta eu sou vosso tio.*

As crianças emigravam de sua condição, desdobrando-se em outras felizes existências. E todos se familiavam, parentes aparentes.

— *Tio? Já se viu chamar de tio a um preto?*

Os pais lhes queriam fechar o sonho, sua pequena e infinita alma. Surgiu o mando: a rua vos está proibida, vocês não saem mais. Correram-se as cortinas, as casas fecharam suas pálpebras.

Parecia a ordem já governava. Foi quando surgiram as ocorrências. Portas e janelas se abriam sozinhas, móveis apareciam revirados, gavetas trocadas.

Em casa dos Silvas:

— *Quem abriu este armário?*

Ninguém, ninguém não tinha sido. O Silva maior se indignava: todos, na casa, sabiam que naquele móvel se guardavam as armas. Sem vestígios de força quem podia ser o arrombista? Dúvida do indignatário.

Em casa dos Peixotos:

— Quem espalhou alpista na gaveta dos documentos?
O qual, ninguém, nenhum, nada. O Peixoto máximo advertia: vocês muito bem sabem que tipo de documentos tenho aí guardados. Invocava suas secretas funções, seus sigilosos assuntos. O alpisteiro que se denunciasse. Merda da passarada, resmungava.
No lar do presidente do município:
— Quem abriu a porta dos pássaros?
Ninguém abrira. O governante, em desgoverno de si: ele tinha surpreendido uma ave dentro do armário. Os sérios requerimentos municipais cheios de caganitas.
— *Vejam este: cagado mesmo na estampilha oficial.*
No somado das ocorrências, um geral alvoroço se instalou no bairro. Os colonos se reuniram para labutar em decisão. Se juntaram em casa do pai de Tiago. O menino iludiu a cama, ficou na porta escutando as graves ameaças. Nem esperou escutar a sentença. Lançou-se pelo mato, rumo ao embondeiro. O velho lá estava ajeitando-se no calor de uma fogueira.
— Eles vêm aí, vêm-te buscar.
Tiago ofegava. O vendedor não se desordenou: que já sabia, estava à espera. O menino se esforçava, nunca aquele homem lhe tivera tanto valor.
— Foge, ainda dá tempo.
Mas o vendedor se confortava, em sonolentidão. Sereno, entrou no tronco e ali se ademorou. Quando saiu já vinha gravatado, de fato mezungueiro. De novo, se sentou, limpando as areias por baixo. Depois, ficou varandeando, retocando o horizonte.
— Vai, menino. É noite.
Tiago deixou-se. Espreitava o passarinheiro, aguardando o seu gesto. Ao menos, o velho fosse como o rio: parado mas movente.

Enquanto não. O vendedeiro se guardava mais em lenda que em realidade.

— *E porquê vestiste o fato?*

Explicou: ele é que era natural, rebento daquela terra. Devia de saber receber os visitantes. Lhe competia o respeito, deveres de anfitrião.

— *Agora, você vai, volta na sua casa.*

Tiago levantou-se, difícil de partir. Olhou a enorme árvore, conforme lhe pedisse proteção.

— *Está a ver a flor?* — perguntou o velho.

E lembrou a lenda. Aquela flor era moradia dos espíritos. Quem que fizesse mal ao embondeiro seria perseguido até ao fim da vida.

Barulhosos, os colonos foram chegando. Cercaram o lugar. O miúdo fugiu, escondeu-se, ficou à espreita. Ele viu o passarinheiro levantar-se, saudando os visitantes. Logo procederam pancadas, chambocos, pontapés. O velho parecia nem sofrer, vegetável, não fora o sangue. Amarram-lhe os pulsos, empurraram-lhe no caminho escuro. Os colonos foram atrás deixando o menino sozinho com a noite. A criança se hesitava, passo atrás, passo adiante. Então, foi então: as flores do embondeiro tombaram, pareciam astros de feltro. No chão, suas brancas pétalas, uma a uma, se avermelharam.

O menino, de pronto, se decidiu. Lançou-se nos matos, no encalço da comitiva. Ele seguia as vozes, se entendendo que levavam o passarinheiro para o calabouço. Quando se ensombrou por trás do muro, no próximo da prisão, Tiago sufocava. Valia a pena rezar? Se, em volta, o mundo se despojara das belezas. E, no céu, tal igual o embondeiro, já nenhuma estrela envaidecia.

A voz do passarinheiro lhe chegava, vinda de além-grades. Agora, podia ver o rosto de seu amigo, o quanto sangue lhe cobria. Interroguem o gajo, espremam-no bem. Era ordem dos colonos, antes de se retirarem. O guarda continenciou-se, obediente. Mas nem ele sabia que segredos devia arrancar do velho. Que raivas se comprovavam contra o vendedor ambulante? Agora, sozinho, o retrato do detido lhe parecia isento de suspeita.

— *Peço licença de tocar. É uma música da sua terra, patrão.*

O passarinheiro ajeitou a harmónica, tentou soprar. Mas recuou da intenção com um esgar.

— *Me bateram muito-muito na boca. É muita pena, senão havia de tocar.*

O polícia lhe desconfiou. A gaita-de-beiços foi lançada pela janela, caindo junto do esconderijo de Tiago. Ele apanhou o instrumento, juntou seus bocados. Aqueles pedaços lhe semelhavam sua alma, carecida de mão que lhe fizesse inteira. O menino se enroscou, aquecido em sua própria redondura. Enquanto embarcava no sono levou a muska à boca e tocou como se fizesse o seu embalo. Dentro, quem sabe, o passarinheiro escutasse aquele conforto?

Acordou num chilreino. Os pássaros! Mais de infinitos, cobriam toda a esquadra. Nem o mundo, em seu universal tamanho, era suficiente poleiro. Tiago se acercou da cela, vigiou o calabouço. As portas estavam abertas, a prisão deserta. O vendedor não deixara nem rasto, o lugar restava amnésico. Gritou pelo velho, responderam os pássaros.

Decidiu voltar à árvore. Outro paradeiro para ele já não existia. Nem rua nem casa: só o ventre do embondeiro. Enquanto caminhava, as aves lhe seguiam, em cortejo de piação, por cima do céu. Chegou à residência do passarinheiro, olhou o chão coberto de pétalas. Já vermelhas não estavam, regressadas ao branco originário. Entrou no tronco, guardou-se na distância de um tempo. Valia a pena esperar pelo velho? No certo, ele se esfumara, fugido dos brancos. No enquanto, ele voltou a soprar na muska. Foi-se embalando no ritmo, deixando de escutar o mundo lá fora. Se guardasse a devida atenção, ele teria notado a chegada das muitas vozes.

— *O sacana do preto está dentro da árvore.*

Os passos da vingança cercavam o embondeiro, pisando as flores.

— *É o gajo mais a gaita. Toca, cabrão, que já danças!*

As tochas se chegaram ao tronco, o fogo namorou as velhas cascas. Dentro, o menino desatara um sonho: seus cabelos se figuravam pequenitas folhas, pernas e braços se madeiravam. Os dedos, lenhosos, minhocavam a terra. O menino transitava de reino: arvorejado, em estado de consentida impossibilidade. E do sonâmbulo embondeiro subiam as mãos do passarinheiro. Tocavam as flores, as corolas se envolucravam: nasciam espantosos pássaros e soltavam-se, petalados, sobre a crista das chamas. As chamas? De onde chegavam elas, excedendo a lonjura do sonho? Foi quando Tiago sentiu a ferida das labaredas, a sedução da cinza. Então, o menino, aprendiz da seiva, se emigrou inteiro para suas recentes raízes.

AS BALEIAS DE QUISSICO

Só ficava sentado. Mais nada. Assim mesmo, sentadíssimo. O tempo não zangava com ele. Deixava-o. Bento João Mussavele.

Mas não dava pena. A gente passava e via que ele, lá dentro, não estava parado. Quando o inquiriam, respondia sempre igual:

— *Estou frescar um bocadinho.*

Já devia estar muito fresco quando, um dia, decidiu levantar-se.

— *Já vou-me embora.*

Os amigos pensaram que ele regressava à terra. Que decidira finalmente trabalhar e se aplicara a abrir uma machamba. Começaram os adeuses.

Alguns arriscaram contrariar:

— *Mas onde vai? Na sua terra está cheio com os bandidos.*

Mas ele não ouvia. Tinha escolhido a sua ideia, era um segredo. Confessou-o ao seu tio.

— *Você sabe, tio, agora a fome é de mais lá em Inhambane. As pessoas estão a morrer todos os dias.*

E abanava a cabeça, parecia condoído. Mas não era sentimento: apenas respeito pelos mortos.

— Contaram-me uma coisa. Essa coisa mudar a minha vida. — Fez uma pausa, endireitou-se na cadeira: — Você sabe o que é uma baleia... sei lá como...

— Baleia?

— É isso mesmo.

— Mas a propósito de quê vem a baleia?

— Por que apareceu no Quissico. É verdade.

— Mas não há baleias, nunca eu vi. E mesmo que aparecesse como é que as pessoas sabem o nome do animal?

— As pessoas não conhecem o nome. Foi um jornalista que disse essa coisa de baleia, não-baleia. Só sabemos que é um peixe grande, cujo esse peixe vem pousar na praia. Vem da parte da noite. Abre a boca e, chii, se você visse lá dentro... está cheio das coisas. Olha, parece armazém mas não desses de agora, armazém de antigamente. Cheio. Juro, é a sério.

Depois, deu os detalhes: as pessoas chegavam perto e pediam, cada qual, conforme. Cadaqualmente. Era só pedir. Assim mesmo sem requisição nem guia de marcha. O bicho abria boca e saía amendoim, carne, azeite de oliveira. Bacalhau também.

— Você já viu? Um gajo ali com uma carrinha? Carrega as coisas, enche, traz aqui na cidade. Volta outra vez. Já viu dinheiro que sai?

O tio riu-se com vontade. Aquilo parecia uma brincadeira.

— Tudo isso é fantasia. Não há nenhuma baleia. Sabe como nasceu estória?

Não respondeu. Era já conversa gasta, no educado fingimento de ouvir; o tio prosseguiu:

— É a gente de lá que está com fome. Muita fome. Depois inventam esses aparecimentos, parecem chicuembo. Mas não são miragens...

— Baleias — corrigiu Bento.

Não se demoveu. Não era aquela dúvida que o faria desistir. Havia de pedir, arranjar maneira de juntar o dinheiro. E começou.

Ruava o dia inteiro, para trás e para diante. Falou com a tia Justina que tem banca no bazar com o outro, o Marito, que tem negócio de carrinha. Desconfiaram, todos eles. Ele que fosse lá primeiro, a Quissico, e arranjasse provas da existência da baleia. Que trouxesse alguns produtos, de preferência garrafas daquela água de Lisboa que, depois, eles o haviam de ajudar.

Até que um dia decidiu arrumar-se melhor. Perguntaria aos sábios do bairro, àquele branco, o Sr. Almeida, e ao outro, preto, que dava pelo nome de Agostinho. Começou por consultar o preto. Falou rápido, a questão que se colocava.

— *Em primeiro lugar* — disse o professor Agostinho —, *a baleia não é o que à primeira vista parece. Engana muito a baleia.*

Sentiu um nó na garganta, a esperança a desmoronar.

— *Já me disseram, Sr. Agostinho. Mas acredito na baleia, tenho que acreditar.*

— *Não é isso, meu caro. Quero dizer que a baleia parece aquilo que não é. Parece peixe mas não é. É um mamífero. Como eu e como você, somos mamíferos.*

— *Afinal? Somos como a baleia?*

O professor falou durante meia hora. Aplicou duro no português. O Bento com os olhos arregalados, ávido naquela quase tradução. Mas a explicação zoológica foi detalhada a conversa não satisfez os prepósitos de Bento.

Tentou em casa do branco. Atravessou as avenidas cobertas de acácias. Nos passeios as crianças brincavam com os estames das flores das acacácias. Olha para isto, todos misturados, filhos de brancos e de pretos. Se fosse era no tempo de antigamente...

Quando bateu à porta de rede da residência do Almeida um empregado doméstico espreitou, desconfiado. Venceu com um esgar a intensidade da luz exterior e, quando deu conta da cor da pele do visitante decidiu manter a porta fechada.

— *Estou pedir falar com Sr. Almeida. Ele já me conhece.*

A conversa foi breve, Almeida não respondeu nem sim nem não. Disse que o mundo andava maluco, que o eixo da Terra estava cada vez mais inclinado e que os polos se estavam a chatear. Ou a achatar, não percebeu bem.

Mas aquele discurso vago incutiu-lhe esperanças. Era quase uma confirmação. Quando saiu, Bento estava eufórico. Já via baleias estendidas a perder de vista, a jiboiarem nas praias de Quissico. Centenas, todas carregadinhas e ele a passar-lhes revista como uma carrinha *station*, MLJ.

Com o escasso dinheiro que acumulara comprou passagem e partiu. Pela estrada a guerra via-se. Os destroços dos machimbombos queimados juntavam-se ao sofrimento das machambas castigadas pela seca.

— *Agora só o sol é que chove?*

O fumo do machimbombo em que viajava entrava para a cabina, os passageiros a reclamarem mas ele, Bento Mussavele, tinha os olhos bem longe, vigiando já a costa do Quissico. Quando chegou, tudo aquilo lhe parecia familiar. A enseada aguava-se pelas lagoas de Massava e Maiene. Era lindo aquele azul a dissolver-se nos olhos. Ao fundo, depois das lagoas, outra vez a terra, uma faixa castanha estacando a fúria do mar. A teimosia das ondas foi criando fendas naquela muralha, cingindo-a em ilhas altas, pareciam montanhas que emergiam do azul para respirar. A baleia devia apresentar-se por ali, misturada com aquele cinza do céu ao morrer do dia.

Desceu a ravina com a pequena sacola a tiracolo até chegar às casas abandonadas da praia. Em tempos, aquelas casas tinham servido para fins turísticos. Nem os portugueses chegavam ali. Eram só os sul-africanos. Agora, tudo estava deserto e apenas ele, Bento Mussavele, governava aquela paisagem irreal. Arrumou-se numa casa velha, instalando-se entre restos de mobília e fantasmas recentes. Ali ficou sem dar conta do ir e vir da vida. Quando a maré se levantava, fosse qual hora fosse, Bento descia à rebentação e ficava vigiando as trevas. Chupando um velho cachimbo apagado, cismava:

— *Há-de-vir. Eu sei, há-de-vir.*

Semanas depois, os amigos foram visitá-lo. Arriscaram caminho, nos Oliveiras, cada curva na estrada era um susto a emboscar o coração. Chegaram à casa, depois de descerem a ladeira. Bento lá estava, sonecando entre pratos de alumínio e caixas de madeira. Havia um velho colchão desfazendo-se sobre uma esteira. Estremunhando, Bento saudou os amigos sem dar grandes confianças. Confessou que já ganhara afecto à casa. Depois da baleia, havia de meter móveis, desses que se encostam nas paredes. Mas os planos maiores estavam nas alcatifas. Tudo o que fosse chão ou que com isso se parecesse seria alcatifado. Mesmo as imediações da casa, também, porque a areia é uma chatice, anda junto com os pés. Especial era um tapete que se estendia pelo areal, a ligar a casa ao lugar onde desaguaria a dita cuja.

Finalmente, um dos amigos abriu o jogo.

— *Sabe, Bento: lá em Maputo estão espalhar que você é um reaccionário. Está aqui, como que está, só por causa dessa coisa de armas não-armas.*

— *Armas?*

— *Sim* — ajudou outro visitante. — *Você sabe que a África do Sul está bastecer os bandos. Recebem armas que vêm pelo caminho do mar. É por isso que estão falar muita coisa sobre de você.*

Ele ficou nervoso. Eh, pá, já não guento sentar. Conforme quem recebe as armas não sei, repetia. Estou à espera da baleia, só mais nada.

Discutiu-se. O Bento sempre na vanguarda. Sabia-se lá se o raio da baleia não vinha dos países socialistas? Até mesmo o professor Agostinho, que todos conhecem, disse que só faltava ver porcos a voar.

— *Espera lá, você. Agora já começa uma estória de porcos quando ainda ninguém viu a porcaria da baleia.*

Entre os visitantes havia um que pertencia às estruturas e que dizia que tinha uma explicação. Que a baleia e os porcos...

— *Espera, os porcos não têm nada a ver...*

— *Certo, deixe lá os porcos, mas a baleia essa é uma invenção dos imperialistas para que o povo fique parado, à espera que a comida chegue sempre de fora.*

— *Mas os imperialistas andam inventar baleia?*

— *Inventaram, sim. Esse boato...*

— *Mas quem deu olhos às pessoas que viram? Foram os imperialistas?*

— *Está bem, Bento, você fica, nós já vamos embora.*

E os amigos foram, convictos que ali havia feitiçaria. Alguém dera um remédio para que Bento se perdesse na areia daquela espera idiota.

Uma noite, o mar barulhando numa zanga sem fim, Bento acordou em sobressalto. Estava a tremer, parecia atacado de paludismo. Apalpou-se nas pernas: escaldavam. Mas havia um sinal no vento, uma adivinha no escuro que o obrigava a sair. Seria promessa, seria desgraça? Chegou-se à porta. A areia perdera o seu lugar, parecia um chicote enraivecido. De súbito, por baixo dos redemoinhos de areia, ele viu o tapete, o tal tapete que ele estendera no seu sonho. Se isso fosse verdade, se ali estivesse o tapete, então a baleia tinha chegado. Tentou acertar os olhos como que a disparar a emoção mas as tonturas derrubavam-lhe a visão, as mãos pediam apoio ao umbral da porta. Meteu pelo areal, completamente nu, pequeno como uma gaivota de asas quebradas. Não ouvia a sua própria voz, não sabia se era ele que gritava. Ela veio, ela veio. A voz estalava dentro de sua cabeça. Estava já a entrar na água, sentia-a fria, a queimar os nervos tensos. Havia mais adiante uma mancha escura, que ia e que vinha como um coração trôpego de babalaze. Só podia ser ela, assim fugidia.

Mal descarregasse as primeiras mercadorias ele mandava-se logo a um pedaço de comida porque a fome há muito que lhe disputava o corpo. Só depois arrumaria o resto, aproveitando os caixotes velhos da casa.

Ia pensando no trabalho que faltava enquanto caminhava, a água agora envolvendo-o pela cintura. Estava leve, talvez a angústia lhe tivesse esvaziado a alma. Uma segunda voz foi-lhe aparecendo, a morder-lhe os últimos sentidos. Não há nenhuma baleia, estas águas vão-te sepultar, castigar-te do sonho que acalentaste. Mas, morrer assim de graça? Não, o animal estava ali, ouvia-lhe a respiração, aquele rumor profundo já não era a tempestade, era a baleia chamando por ele. Sentiu que já sentia pouco, era quase só aquele arrefecimento da água a tocar-lhe o peito. Qual invenção, qual quê? Eu não disse que era preciso ter fé, mais fé do que dúvida?

Habitante único da tempestade, Bento João Mussavele foi seguindo mar adiante, sonho adiante.

Quando a tempestade passou, as águas azuis da lagoa deitaram-se, outra vez, naquele sossego secular. As areias retomaram o seu lugar. Numa casa velha e abandonada restavam as roupas desalinhadas de Bento João Mussavele, guardando ainda a sua última febre. Ao lado havia uma sacola contendo as réstias de um sonho. Houve quem dissesse que aquela roupa e aquela sacola eram prova da presença de um inimigo, responsável pela recepção do armamento. E que as armas seriam transportadas por submarinos que, nas estórias que passavam de boca em boca, tinham sido convertidos nas baleias de Quissico.

O NÃO DESAPARECIMENTO
DE MARIA SOMBRINHA

*Afinal, quantos lados tem o mundo
no parecer dos olhos do camaleão?*

Já muita coisa foi vista neste mundo. Mas nunca se encontrou nada mais triste que caixão pequenino. Pense-se, antemanualmente, que esta estória arrisca conter morte de criança. Veremos a verdade dessa tristeza. Como diz o camaleão — em frente para apanhar o que ficou para trás.

Deu-se o caso numa família pobre, tão pobre que nem tinha doenças. Dessas em que se morre mesmo saudável. Não sendo pois espantável que esta narração acabe em luto. Em todo o mundo, os pobres têm essa estranha mania de morrerem muito. Um dos mistérios dos lares famintos é falecerem tantos parentes e a família aumentar cada vez mais. Adiante, diria o camaleonino réptil.

A família de Maria Sombrinha vivia em tais misérias, que nem queria saber de dinheiro. A moeda é o grão de areia esfluindo entre os dedos? Pois, ali, nem dedos. Tudo começou com o pai de Sombrinha. Ele se sentou, uma noite, à cabeceira da mesa. Fez as rezas e olhou o tampo vazio.

— *Eh pá, esta mesa está diminuir!*

Os outros, em silêncio, balancearam a cabeça, em hipótese.

— Vocês não estão a ver? Qualquer dia não temos onde comer.

Ao se preparar para dormir, apontou o leito e chamou a mulher:

— Esta cama cada dia está mais pequena. Um dia desses não tenho onde deitar.

Debateram o assunto, timidamente, com o pai. Sugeriram que a razão pudesse ser inversa: o mundo é que estava a aumentar, encurralando a aldeiazinha. Fosse o caso dessa suposição, a aldeia estaria metida em vara de sete camisas. Mas o velho não arredou ideia. Casmurrou contra argumento alheio, ancorado na teima dele.

Por fim, sua visão minguante aconteceu com Sombrinha. Ele via o tamanho dela se acanhar, mais e mais pequenita. E se queixava, pressentimental:

— Esta menina está-se a enxugar no poente...

Todos se riam. O pai cada vez piorava. Face ao riso, o homem se remeteu à ausência. Se transferiu para as traseiras, se anichou entre desperdício e desembrulhos. A filha ainda solicitou comparência do mais velho.

— Deixe o seu pai. Lá onde está, ele não está em lugar nenhum.

Valia a pena sombrear a miúda, minhocar-lhe o juízo? Mas Sombrinha não deixou de rimar com a alegria. Afinal, era ainda menos que adolescente, dada somente a brincriações. Sendo ainda tão menina, contudo, um certo dia ela se barrigou, carregada de outrem. Noutros termos: ela se apresentou grávida. Nove meses depois se estreava a mãe. Sem ter idade para ser filha como podia desempenhar maternidades?

A criancinha nasceu, de simples escorregão, tão minusculinha que era. A menina pesava tão nada que a mãe se esquecia dela em todo o lado. Ficava em qualquer canto sem queixa nem choro.

— *Essa menina só para quieta!* — queixava-se Sombrinha.

Deram o nome à menininha: Maria Brisa. Que ela nem vento lembrava, simples aragem. Dona mãe ralhava, mas sem nunca fechar riso, tudo em disposições. Até que certa vez repararam em Maria Brisa. Porque a barriguinha dela crescia, parecia uma lua em estação cheia. Sombrinha ainda devaneou. Deveria ser um vazio mal digerido. Gases crescentes, arrotos tontos. Mas depois, os seios lhe incharam. E concluíram, em tremente arrepiação: a recém-nascida estava grávida! E, de facto, nem tardaram os nove meses. Maria Brisa dava à luz e Maria Sombrinha ascendia a mãe e avó quase em mesma ocasião. Sombrinha passou a tratar de igual seus rebentinhos — a filha e a filha da filha. Um pendendo em cada pequenino seio.

A família deu conta, então, do que o pai antes anunciara: Sombrinha, afinal das contas, sempre se confirmava regredindo. De dia para dia ela ia ficando sempre menorzita. Não havia que iludir — as roupas iam sobrando, o leito ia crescendo. Até que ficou do mesmo tamanho da filha. Mas não se quedou por ali. Continuou definhando a pontos de competir com a neta.

Os parentes acreditaram que ela já chegara ao mínimo, mas afinal, ainda continuava a reduzir-se. Até que ficou do tamanho de uma unha negra. A mãe, as primas, as tias a procuravam, agulha em capinzal. Encontravam-na em meio de um anónimo buraco e lhe deixavam cair uma gotícula de leite.

— *Não deite de mais que ainda ela se afoga!*

Até que, um dia, a menina se extinguiu, em idimensão. Sombrinha era incontemplável a vistas nuas. Choraram os familiares, sem conformidade. Como iriam ficar as duas orfãzinhas, ainda na gengivação de leite? A mãe ordenou que se fosse ao quintal e se trouxesse o esquecido pai. O velho entrou sem entender o motivo do chamamento. Mas, assim que passou a porta, ele olhou o nada e chamou, em encantado riso:

— *Sombrinha, que faz você nessa poeirinha?*

E depois pegou numa imperceptível luzinha e suspendeu-a no vazio dos braços. *Venha que eu vou cuidar de si*, murmurou enquanto regressava para o quintal da casa, nas traseiras da vida.

A MENINA, AS AVES
E O SANGUE

Aconteceu, certa vez, uma menina a quem o coração batia só de quando em enquantos. A mãe sabia que o sangue estava parado pelo roxo dos lábios, palidez nas unhas. Se o coração estancava por demasia de tempo a menina começava a esfriar e se cansava muito. A mãe, então, se afligia: roía o dedo e deixava a unha intacta. Até que o peito da filha voltava a dar sinal:

— *Mãe, venha ouvir: está a bater!*

A mãe acorria, debruçando a orelha sobre o peito estreito que soletrava pulsação. E pareciam, as duas, presenciando pingo de água em pleno deserto. Depois, o sangue dela voltava a calar, resina empurrando a arrastosa vida.

Até que, certa noite, a mulher ganhou para o susto. Foi quando ela escutou os pássaros. Sentou na cama: não eram só piares, chilreinações. Eram rumores de asas, brancos drapejos de plumas. A mãe se ergueu, pé descalço pelo corredor. Foi ao quarto da menina e joelhou-se junto ao leito. Sentiu a transpiração, reconheceu o seu próprio cheiro. Quando lhe ia tocar na fronte a menina despertou:

— Mãe, que bom, me acordou! Eu estava sonhar pássaros.

A mãe sortiu-se de medo, aconchegou o lençol como se protegesse a filha de uma maldição. Ao tocar no lençol uma pena se desprendeu e subiu, levinha, volteando pelo ar. A menina suspirou e a pluma, algodão em asa, de novo se ergueu, rodopiando por alturas do tecto. A mãe tentou apanhar a errante plumagem. Em vão, a pena saiu voando pela janela. A senhora ficou espreitando a noite, na ilusão de escutar a voz de um pássaro. Depois, retirou-se, adentrando-se na solidão do seu quarto. Dos pássaros selou-se o segredo, só entre as duas.

Mas o assunto do coração suspenso foi sendo divulgado e chegaram ao subúrbio curiosos da cidade. Vieram estudiosos a solicitar o caso daquele acaso. Até médicos questionavam a mãe:

— Angina de peito ela teve?

— Sim, doutor: sempre ela foi anjinha de peito.

Precisar de ajudar? Que não, doutor, essa menina é feita assim mesmo, levinha como ar em pulmão de ave. Mas o médico insiste, promete mundos sem fundos. Que a fenomenosa miúda podia ficar em memória da ciência. Mas a senhora mãe deveria participar. Era preciso tudo controlar: batimentos, calores, suspiros. Tarefa para mãe a tempo inteiro, se pediam obséquios.

— Se eu sei contar, doutor? Só os padre-nossos e avés que nos mandam contar na confissão.

Por uns dias ela ainda segurou o pulso frio da menina. Quase desejava que o peito não desse resposta. Afinal, quando o coração lhe pulsava a menina esquentava-se, a ponto de rubra febre. A filha resistia, com doçura: queria era sair, brincar.

— Desde dois dias, mãe. Desde isso que não bate.

A senhora desistiu das medições. Que a deixassem só, ela com ela. E, de noite, os pássaros enchendo o escuro. A mãe expulsou os exteriores mirones. Fossem todos, levassem seus títulos, promessas, indagações.

Com o tempo, porém, cada vez menos o coração se fazia frequente. Quase deixou de dar sinais à vida. Até que essa imobilidade se prolongou por consecutivas demoras. A menina falecera? Não se vislumbravam sinais dessa derradeiragem. Pois ela seguia praticando vivências, brincando, sempre cansadinha, resfriorenta. Uma só diferença se contava. Já à noite a mãe não escutava os piares.

— *Agora não sonha, filha?*
— *Ai mãe, está tão escuro no meu sonho!*

Só então a mãe arrepiou decisão e foi à cidade:
— *Doutor, lhe respeito a permissão: queria saber a saúde de minha única. É seu peito... nunca mais deu sinal.*

O médico corrigiu os óculos como se entendesse rectificar a própria visão. Clareou a voz, para melhor se autorizar. E disse:
— *Senhora, vou dizer: a sua menina já morreu.*
— *Morta, a minha menina? Mas, assim...?*
— *Esta é a sua maneira de estar morta.*

A senhora escutou, mãos juntas, na educação do colo. Anuindo com o queixo, ia esbugolhando o médico. Todo seu corpo dizia sim, mas ela, dentro do seu centro, duvidava. Pode-se morrer assim com tanta leveza, que nem se nota a retirada da vida? E o médico, lhe amparando, já na porta:
— *Não se entristonhe, a morte é o fim sem finalidade.*

A mãe regressou à casa e encontrou a filha entoando danças, cantarolando canções que nem existem. Se chegou a ela, tocou-lhe como se a miúda inexistisse. A sua pele não desprendia calor.

— *Então, minha querida não escutou nada?*

Ela negou. A mãe percorreu o quarto, vasculhou recantos. Buscava uma pena, o sinal de um pássaro. Mas nada não encontrou. E assim, ficou sendo, então e adiante.

Cada vez mais fria, a moça brinca, se aquece na torreira do sol. Quando acorda, manhã alta, encontra flores que a mãe depositou ao pé da cama. Ao fim da tarde, as duas, mãe e filha, passeiam pela praça e os velhos descobrem a cabeça em sinal de respeito.

E o caso se vai seguindo, estória sem história. Uma única, silenciosa, sombra se instalou: de noite, a mãe deixou de dormir. Horas a fio a sua cabeça anda em serviço de escutar, a ver se regressam as vozearias das aves.

A FILHA DA SOLIDÃO

Na vida tudo chega de súbito. O resto, o que desperta tranquilo, é aquilo que, sem darmos conta, já tinha acontecido. Uns deixam a acontecência emergir, sem medo. Esses são os vivos. Os outros se vão adiando. Sorte a destes últimos se vão a tempo de ressuscitar antes de morrerem.

Filha dos cantineiros portugueses, Meninita sempre foi moça comedida. Na penumbra da loja, ela atendia os negros como se fossem sombras de outros, reais viventes. A miúda se ia fazendo ao corpo — o fruto se adoçava em polpa açucrosa. A sede se inventa é para a miragem de águas. Pois nas redondezas não viviam outros brancos, únicos a quem ela entregaria seus açúcares.

A família Pacheco se pioneirara na aridez de Shirapera, onde mesmo os negros originários escasseavam. Por que escolhera tão longínguas paragens?

— *Aqui, por trás destas altas montanhas, nem Deus me pode espreitar...*

Fala do português para enganar perguntas. Ninguém entende por que o Pacheco se internara tanto nas dunas desérticas de Sofala, condenando a família a não conviver mais com gente de igual raça. Dona Esmeralda, a esposa, se angustiava vendo o crescer da filha. A que homem se destinaria ela, naquele afastamento da sua semelhante humanidade? Deram-lhe o nome de Meninita para a ancorar no tempo. Mas a filha se inevitalizava. Na sombra imutável do balcão, ela desfolhava umas mil vezes repetidas repetida fotonovela. Sonhava aos quadradinhos...

— *Não espere consolo, filha: aqui só há pretalhada.*

A menina se consolava fechada no quarto, a revista da fotonovela entre os lençóis. Suas mãos se desprivatizavam em carícias de outro. Mas esse apagar de lume lhe trazia um novo e mais aguçado tormento. Quando, depois de suspirada e transpirada, ela se abandonava no leito, uma funda tristeza lhe pousava. Era como nascesse em si uma alma já morta. Tristeza igual só essas mães que dão à luz um menino inanimado. É justo poder-se assim visitar os paraísos e nos expulsarem? Lhe custaram tanto essas despedidas de si que passou a evitar seu próprio corpo. Vale a pena é trocar carinhos, receber as salivas do ventre de um outro. Mas outros ali não havia para a donzela Meninita.

— *Acha que essa nossa filha vai se meter com um preto?*

O pai se ria, cuspindo gargalhada. O riso dele tinha razão: a casa dos Pachecos se enconchara de preconceito. Ali se dizia no singular: *o preto*. Os outros, de outra cor, se reduziam a uma palavra, soprada entre a maxila do medo e a mandíbula do desprezo. Meninita cumpria os ensinamentos da raça. Recebia os clientes, sem sequer erguer a cabeça:

— *Qué quer?*

Massoco, único empregado, achava graça aos modos desdenhosos da pequena patroa. Ele era jovem como ela, carregava sacos e caixotes, conduzia a carroça dali para depois do horizonte.

As melancolias da Meninita cresciam. A revista já esfarelava, de tanto desfolhada. No dia em que fez dezoito, Meninita lançou fogo sobre si mesma. Se imolou. Mas não desses fogos comuns de combustão visível. Ardeu em invisíveis chamas, só ela sofria tais ardências. Ficou ardendo em demorada consecução. A febre lhe autorizava o delírio.

Veio a mãe, lhe abanou uma frescura. Veio o pai, lhe aplicou conselho logo seguido de ameaças. Tudo irresultou. Esse fogo se apagava era em corpo de macho, em água de duplos suores e carícias. A mãe lhe corrigia a ilusão da expectativa:

— *Minha filha, não deixe o corpo lhe nascer antes do coração.*

Adoentada, a moça deixou de atender ao balcão. Substitui-a o moço Massoco, cresceram simpatias na loja. Meninita se internou em seu quarto, emigrada da vida, exilada dos outros. Massoco, ao fim do dia, se apresentava, em solene tristeza. Chegou a pedir:

— *Peço licença ir lá ver patroinha...*

Um dia chegou a Shiperapera uma veterinária do Ministério. Vinha inspeccionar o gado dos indígenas. Quando o casal soube da notícia decidiu ocultar a novidade da filha. Ela já andava tão alterada! O Pacheco foi à estrada, esperar a compatriota. Levou cerimónias e pastéis de peixe-seco. Acompanhou a doutora a uma casa de hóspedes que a administração em tempos construíra. Já deitados, os Pachecos trocaram as esperadas más-línguas:

— *Porra, a gaja parece um homem!*

E riram-se. Dona Esmeralda se satisfazia pela visitante ser tão pouco mulher. Não fosse o marido se devanear. Numa dessas noites, Meninita sofreu de um acesso grave. O casal, em desespero, decidiu chamar a médica veterinária. O pai acorreu à casa de hóspedes e urgiu comparência à veterinária. No caminho, lhe explicou a condição da filha.

Chegados à cantina, dirigem-se em silêncio profissional para os aposentos da perturbada jovem. Em delírio, a menina confunde a veterinária com um homem. Atira-se-lhe aos braços, beijando-lhe os lábios com sofreguidão. Os pais se embaraçaram e acorreram a separar. A veterinária recompõe-se, ajeitando imaginários cabelos sobre a face. Meninita com sorriso sonhador parece agora ter adormecido.

Pacheco volta a acompanhar a visitante. Vão calados, todo o tempo da viagem. Na despedida, a veterinária, rompendo o silêncio, expõe seu plano:

— *Eu vou fazer de homem. Me disfarço.*

Pacheco não sabia o que dizer. A veterinária se explica: o cantineiro lhe emprestaria roupas velhas e ela se apresentaria, disfarçada de namorado caído dos céus. O português acenou maquinalmente e voltou a casa apressado em pôr a esposa a par do estranho plano. Dona Esmeralda riscou no lábio superior a curva da dúvida. Mas que se fizesse, a bem da pequena. E se benzeu.

Nas noites seguintes, a veterinária aparecia com seu disfarce. Subia ao quarto de Meninita e lá se demorava. Dona Esmeralda, na sala, chorava em surdina. Pacheco bebia, devagaroso. Passadas horas a veterinária descia, ajeitando no rosto uma inexistente madeixa.

Fosse pela qual razão, a verdade é que Meninita arrebitava. A veterinária, dias depois, se retirou, nuvem naquela estrada onde mesmo a poeira rareava. Meninita, na manhã seguinte, desceu à loja, a velha revista na mão. Sentou-se no balcão e inquiriu a sombra do outro lado:

— Qué quer?

Mossoca riu-se, abanando a cabeça. E a vida se retomou, em novelo que procura o fio. Até que um dia, Dona Esmeralda despertou o marido, sacudindo-o:

— *Nossa filha está grávida, Manuel!*

Choveram insultos, improperiou-se. Os vidros das janelas se estilhaçaram, tais as raivas do Pacheco: *eu mato o cabrão da doutora!* A mulher implorou: agora, sim, era assunto de ir à vila. O marido que quebrasse seu juramento e superasse as montanhas de volta ao mundo. De noite, o casal se fez à viagem, recomendando à filha mil cuidados e outras tantas trancas. E sumiram-se no escuro.

Na janela, Meninita ainda espreitou a poeira da estrada iluminada pela lua. Subiu ao quarto, abriu a revista das velhas fotos. Vencida pelo sono se ajeitou no colchão em rodilha de lençóis. Antes de adormecer, apertou a mão negra que despontava no branco das roupas.

O CORAÇÃO DO MENINO
E O MENINO DO CORAÇÃO

O miúdo nasceu com as acertadas aparências. Só em altura de ensaiar primeiras marchas lhe notaram o defeito, o enviesamento nos pezinhos, cada um não sendo como cada qual. Sobre as pegadas estrábicas a avó vaticinou:

— *Este menino vai caminhar para dentro dele mesmo.*

Depois outra malconveniência se somou: o rapaz engrumava as falas, tatebitudo. Os outros não entendiam mais que cuspes e assobios, até os parentes o escutavam com riso parvo de quem finge concordância. Não há medo maior que não se entender humana a voz de outra humana pessoa.

A mãe conduziu a criança ao hospital. O doutor lhe mergulhou o ouvido no peito e se ensurdeceu de tanto coração. O menino tinha o pulsar à flor da pele. O médico parecia entusiasmado com o inédito do caso.

— *Necessitamos que ele fique, para mais exames...*

— *Nem pensar. Esse menino entrou comigo, há de sair comigo.*

— *Mas a senhora nem faz ideia... temos que encontrar um nome para a doença dele.*

— Como um nome?

— Essa doença: eu tenho que lhe encontrar um nome!

— Mas esse nome, será que esse nome vai curar a doença dele?

O médico sorriu. Ai, essa gentinha simples, tão exímia em ser pensada pelos outros. E assim, sorriso descaindo no lábio, ficou olhando mãe e filho se afastarem no corredor. O menino levava em sua mão, descaída como pétala, uma carta que ele mesmo redigira. Queria ter dado ao doutor esse papelinho que sua inabilidade enchera de letrinha. Com desatenta ternura, a mãe lhe tirou o papel dos dedos e o lançou no latão. A mania desse mirabolhante! Deveria ser outra dessas tantíssimas cartas que o tontinho fingia escrever para sua apaixonada priminha.

— Você ainda se carteia com Marlisa?

O menino negou com veemência. A mãe sacudiu a cabeça. Enfim, quanto ela se esforçara em vão. Valera a pena insistir ensinamentos em quem nunca aprendera? Também Marlisa, a visada sobrinha, jamais cedera a abrir tais cartas. Nem valia a pena espreitar a caligrafia do atarantonto. Uns andam na lua. No caso, a lua é que andava nele.

Certa vez, o rabiscador daqueles engatafunhos desabou no fundo do tempo. O menino faleceu, em azulidão de pele, todo frio como se nenhuma luz dele tivesse vontade. Os médicos acorreram para levar o corpo e lhe administrarem a extrema-autópsia. Lhe arrancaram o coração, o universátil músculo, enormíssimo como um planeta carnudo. O órgão ficou em vitrina, exposto às ciências e aos noticiários. Os cardiologistas disputavam, em sucessivos colóquios, um apropriado nome para baptizar a anormalidade.

Passaram-se os dias, anónimos. Era um fim de tarde, a prima Marlisa, ao arrumar as poeiras de casa, deparou com o monte das inúteis cartas. Sopesou-as antes de as lançar em fogo. Hesitou por um segundinho: o moço sabia abecedar uma simples linha? Pelo sim pelo talvez, ela se aventurou a espreitar o primeiro envelope. E ali se sentou em espanto, ruga na fronte, mãos enrolando um demorado cabelo. Ficou horas, no assentado degrau. Aquilo não eram cartas mas versos de lindeza que nem cabiam no presente mundo. Marlisa inundou a tristeza, tingiram-se as letras. Quanto mais a prima primava em seguir leitura mais rimava com nenhuma outra mulher, toda ela fora do contexto de existir. A moça se apaixonava postumamente?

Mas ali, arremessada na escada, nem Marlisa imaginava o que, no simultâneo tempo, se passava com o coração do primo que Deus e a ciência guardavam. Pois que, na vitrina gelada do Hospital, mal se rasgou o primeiro envelope, o coração do primo deflagrou em sobressalto. Um *oh* se estilhaçou nos visitantes. E à medida que Marlisa, mais longe que mil paredes, ia desfolhando versos, o coração mais se desembrulhava, tremelusco-fuscando. Até que, daquele novelo vermelho, se viu desprender um braço, mais adiante um pé e a redondez de um joelho e mais argumentos que faziam valer o facto: aquele coração estava em flagrante serviço de parto! E se confirmava, vinda das entranhas do útero cardíaco, uma total recém-criança.

E quando, finalmente, o parto se desfechou se viu que o menino nascera igual ao seu progenitor de peito. Fazia medo como um quimicava o outro a papel chapado. Em tudo se semelhavam menos no desenho do pé. Os pés do nascido eram divergentes, como quem viesse para procurar, fora de si, gente de outras estórias.

A MENINA DE FUTURO TORCIDO

Joseldo Bastante, mecânico da pequena vila, punha nos ouvidos a solução da sua vida. Viajante que passava, carro que parava, ele aproximava e capturava as conversas. Foi assim que chegou de ouvir um destino para sua filha mais velha, Filomeninha. Durante toda uma semana, chegavam da cidade notícias de um jovem que fazia sucesso virando e revirando o corpo, igual uma cobra. O rapaz tinha sido contratado por um empresário para exibir suas habilidades, confundir o trás para a frente. Percorria as terras e o povo corria para lhe ver. Assim, o jovem ganhou dinheiro até encher caixas, malas e panelas. Só devido das dobragens e enrolamentos da espinha e seus anexos. O contorcionista era citado e recitado pelos camionistas e cada um aumentava uma volta nas vantagens elásticas do rapaz. Chegaram mesmo a dizer que, numa exibição, ele se amarrou no próprio corpo como se fosse um cinto. Foi preciso o empresário ajudar a desatar o nó; não fosse isso, ainda hoje o rapaz estaria cintado.

Joseldo pensou na sua vida, seus doze filhos. Onde encontraria futuro para lhes distribuir? Doze futuros, onde? E assim tomou a decisão: Filomeninha havia de ser contorcionista, apresentada e noticiada pelas estradas de muito longe. Ordenou à filha:

— *A partir desse momento, vais treinar curvar-te, levar a cabeça até no chão e vice-versa.*

A pequena iniciou as ginásticas. Evoluía lentamente para o gosto do pai. Para acelerar os preparos, Joseldo Bastante trouxe da oficina um daqueles enormes bidões de gasolina. À noite amarrava a filha ao bidão para que as costas dela ficassem noivas da curva do recipiente. De manhã, regava-a com água quente quando ela ainda estava a despertar:

— *Essa água é para os seus ossos ficarem moles, daptáveis.*

Quando a retiravam das cordas, a menina estava toda torcida para trás, o sangue articulado, ossos desencontrados. Queixava-se de dores e sofria de tonturas.

— *Você não pode querer a riqueza sem os sacrifícios* — respondia o pai.

Filomeninha amarrotava a olhos vistos. Parecia um gancho já sem uso, um trapo deixado.

— *Pai, estou a sentir muitas dores cá dentro. Deixa-me dormir na esteira.*

— *Nada, filhinha. Quando você for rica hás-de dormir até de colchão. Aqui em casa todos vamos deitar bem, cada qual no colchão dele. Vai ver que só acordamos na parte da tarde, depois dos morcegos despegarem.*

Os tempos passaram, Joseldo sempre esperando que o empresário passasse pela vila. Na garagem os seus ouvidos eram antenas à procura de notícias do contratador. Nos jornais os olhos farejavam pistas do seu salvador. Em vão. O empresário recolhia riquezas em lugar desconhecido.

Enquanto isso, Filomena piorava. Quase não andava. Começou a sofrer de vómitos. Parecia que queria deitar o corpo pela boca. O pai avisou-lhe que deixasse essas fraquezas:

— *Se o empresário chegar não pode-lhe encontrar da maneira como assim. Você deve ser contorcionista e não vomitista.*

Decorreram as semanas, destiladas na angústia de Joseldo Bastante. Numa terra tão pequena só se passa o que passa. O acontecimento nunca é indígena. Chega sempre de fora, sacode as almas, incendeia o tempo e, depois, retira-se. Vai-se embora tão depressa que nem deixa cinza para os habitantes reacenderem aquele fogo, se gostarem. O mundo tem sítios onde para e descansa a sua rotação milenar. Aquele era um desses lugares.

O tempo foi-se enchendo de nadas até que, uma tarde, Joseldo escutou de um camionista a chegada do destino: o empresário estava na cidade preparando um espectáculo.

O mecânico abandonou o serviço e rapidou para sua casa. Disse à mulher:

— *Veste Filomeninha com seu vestido novo!*

A mulher estranhou:

— *Mas essa menina não tem vestido novo.*

— *Estou a falar o seu próprio vestido. O seu, mulher.*

Puseram a menina de pé e meteram-lhe o vestido da mãe. Largo e comprido, via-se que as medidas não condiziam.

— *Tira o lenço. Artistas não usam panos na cabeça. Mulher: trança lá o cabelo dela, enquanto vou arranjar dinheiro da passagem do comboio.*

— *Vai onde arranjar o tal dinheiro?*

— *Não é seu assunto.*

— *Joseldo?*

— *Não me chateia, mulher.*

* * *

Horas depois partiam para a cidade. No comboio, o mecânico satisfez-se de pensamentos: um fruto não se colhe às pressas. Leva seu tempo, de verde-amargo até maduro-doce. Se tivesse procurado a solução, como outros queriam, teria perdido esta saída. Orgulhoso, respondia aos apressados: esperar não é a mesma coisa que ficar à espera.

No embalo dos carris seguia Joseldo Bastante a entregar sua pequena filha à sorte das estrelas, à fortuna dos imortais. Olhou a menina e viu que ela estremecia. Perguntou-lhe. Filomeninha queixou-se do frio.

— *Qual frio? Com todo esse calor, onde está o frio?*

E procurou o frio como se a temperatura tivesse corpo e lhe tocasse num arrepio dos olhos.

— *Deixa, filhinha. Quando começar entrar fumo, isto já vai aquecer.*

Mas as tremuras da menina aumentavam sempre até serem mais que o balanço do comboio. Nem o vestido largo escondia os estremeções. O pai tirou o casaco e colocou-o sobre os ombros de Filomena.

— *Agora veja se para de tremer que ainda me descose o casaco todo.*

Chegaram à cidade e começaram a procurar o escritório do empresário. Seguiram por ruas sem fim.

— *Charra, filha, tantas esquinas! E todas são iguais.*

O mecânico arrastava a filha, tropeçando nela.

— *Filomena, fica direita. Hão-de dizer que lhe levo até no hospital.*

Por fim, deram com a casa. Entraram e foram mandados esperar numa pequena sala. Filomeninha adormeceu-se na cadeira, enquanto o pai se entretinha com sonhos de riqueza.

O empresário recebeu-os só no fim do dia. Respondeu sem muitos quês.

— Não me interessa.

— Mas, senhor empresário...

— Não vale a pena perder tempo. Não quero. O contorcionismo já está visto, não provoca sensação.

— Não provoca? Veja lá a minha filha que chega com a cabeça...

— Já disse, não quero. Essa menina está é doente.

— Essa menina? Essa menina tem saúde do ferro, aliás de borracha. Só está cansada da viagem, só mais nada.

— A única coisa que me interessa agora são esses tipos com dentes de aço. Umas dessas dentaduras que vocês às vezes têm, capazes de roer madeira e mastigar pregos.

O Joseldo sorriu, envergonhado, e desculpou-se de não poder servir:

— Sou mecânico, mais nada. Parafusos mexo com a mão, não com os dentes.

Despediram-se. O empresário ficou sentado na grande cadeira achando graça àquela menina tão magra dentro de vestido alheio.

No regresso Joseldo ralhava com o destino. *Dentes; agora são dentes!* A seu lado, Filomena arrastava-se, trocando os passos. Entraram no comboio e esperaram a arrancada do regresso. O pai foi acalmando. Parecia olhar o movimento da estação mas os seus olhos não passavam além do vidro fosco da janela. De súbito, um brilho acendeu-lhe o rosto. Segurando a mão da filha, perguntou, sem a olhar:

— *É verdade, Filomena: você tem dentes fortes! Não é isso que diz a sua mãe?*

E como não tivesse resposta, abanou o braço da criança. Foi então que o corpo de Filomeninha tombou, torcido e sem peso, no colo de seu pai.

SAPATOS DE TACÃO ALTO

Passou-se nos coloniais tempos, eu ainda antecedia a adolescência. A vida decorria num tal Esturro, bairro cheio de vizinhança. Nesse lugarinho, os portugueses punham sua existência a corar. Aqueles não ascendiam a senhores, mesmo seus sonhos eram de pequena ambição. Se exploravam era arredondando as alheias quinhentas. Se roubavam era para nunca ficarem ricos. Os outros, os verdadeiros senhores, nem eu sabia onde moravam. Com certeza, nem moravam. Morar é um verbo que apenas se usa nos pobres.

Nós morávamos nesse bairrinho de ruas poeirentas, onde o poente começava mais cedo que no resto da cidade. Tudo decorria sem demais. Nosso vizinho era a única, intrigante personagem: homem graúdo, barbalhudo, voz de trovoada. Mas afável, de maneiras e requintes. Lhe chamavam o Zé Paulão. O português trabalhava nos pesados guindastes, em rudes alturas. Seu tipo era o de um galo de hasteada crista, cobridor de vastas capoeiras. Mas vivendo totalmente sozinho. Os homens se admiravam da sua sozinhidez, as mulheres malditziam aquele desperdício. Todos comentavam: homem tão humano, macho tão dotado de machezas e vivendo apenas de si para si. Nem nunca se lhe testemunhavam nenhumas companhias. Afinal, Deus não deu nozes a ninguém, comentavam as mulheres.

Dele se sabia apenas o condensado sumário: sua esposa fugira. Quais as razões de se desconsumar um tal casamento ninguém sabia. Ela era a tugazinha modesta, filha de lavradores muito campestres. Linda, de despontante idade. Uma vez a vimos, saindo de casa, sustosamente branca. Vinha pelo meio da avenida em certo e exposto perigo. Os carros rangiam, derrapados. A branca moça não parecia nem ouvir. Então, eu vi: a moça chorava, em aberto pranto. Meu pai estancou a nossa viatura e lhe perguntou qual podia ser nossa valência. Mas a mulher não ouvia, sonambulante. Decidiu meu pai escolher a criatura, protegendo-a dos perigos da avenida, até ela se perder no último escuro. Só então confirmámos: a mulher saía de casa, em muito definitiva partida.

Desse momento em diante, só a solidão aconchegou o Zé Paulão. O que se semelhava, na pública vizinhança. Só nós sabíamos, porém, o conteúdo da autêntica verdade. No quintal de trás, onde não se punham os alheios olhos, nós víamos, cada vez em quando, roupas de mulher se estendendo no sol. O Paulão, afinal, tinha seus esquemas. Mas ficava em nós o nosso segredo. Minha família queria gozar, exclusiva, aquela revelação. Os outros que sentissem pena do solitário. Nós, sozinhos, conhecíamos as traseiras da realidade.

E outro segredo nós guardávamos: de noite escutávamos os femininos passos do outro lado da parede. Em casa de Zé Paulão, não havia dúvida, tiquetaqueavam sapatos de tacão alto. Rodavam no quarto, corredor e salas noturnas do vizinho.

— *Grande malandrão, este Paulão!*

Minhas tias autenticavam as malícias, riso por trás dos dentes, dentes por trás das mãos. E se falava muito da misteriosa mulher: quem seria que nunca se via entrar nem sair? Minha mãe apostava: consistiria em dona alta, muito mais alta que o Paulão. Os passos pareciam antes de uma gorda, contrafalava minha tia. *Vai ver que é tão gorda que não consegue passar a porta*, brincava nosso pai. E ria:

— *É por isso que a gaja não sai nunca!*

Eu sonhava: a mulher seria a mais bela, tão bela e fina que só podia circular de noite. Os olhos deste mundo não lhe mereciam. Ou seria uma anja? O Paulão, lá nas alturas do guindaste, a tinha desavisadamente pegado. Certo é que a misteriosa mulher do lado me enchia os sonhos, me engelhava os lençóis e me fazia sair do corpo.

Uma noite eu exercia a minha infância com as miudagens, brincando às aventuras, heróis dos mais pistoleiros filmes. Subindo os telhados, eu escapava de mortal perseguição, enganando as centenas de índios. Em derradeiro instante, saltei para a varanda do vizinho Paulão. Ainda senti as imaginárias setas me raspando a alma. Suspirei e aproveitei para carregar a minha plástica pistola. Então, a luz se acendeu no interior da casa. Me agachei, receando ser confundido com um vulgar larápio. Apanhar uns sopapos do corpãozudo vizinho não seria bom agrado. Me afundei no canto de um escuro. Nem via nem me podia ser visto. Então, meus ouvidos se arrepiaram. Os tacões! A tal misteriosa mulher devia rondar os anexos aposentos. Não pude evitar espreitar. Foi quando vi as longas saias de uma mulher. Me alertei todo: finalmente estava ali, ao alcance de um olhar, a mulher de nossos mistérios.

Estava ali aquela que dava tema aos meus desejos. Que se lixassem os índios, que se danasse o Paulão. Me cheguei mais para a luz, desafiando os preceitos da prudência. Agora, se via a sala toda do vizinho. A fascinável dama estava de costas. Não era afinal tão alta, nem tão gorda como as suposições da minha família. De repente, a mulher se virou. Foi o baque, a terra se abrindo num total abismo. Os olhos de Zé Paulão, ornamentados de pinturas, me fitaram num relâmpago. A luz se apagou e eu saltei daquela varanda com o coração hecatombando num poscepício.

Voltei a casa de cabeça desafinada. Me fechei no meu quartinho, manipulando silêncios. Horas mais tarde, no retângulo do jantar, o tema voltou. *Nosso vizinho, esse eterno namorador, ainda há pouco lá andavam os tacões.* Era meu pai, inaugurando as más--línguas. *Vocês o que têm é inveja de não poderem fazer o mesmo*, sentenciava minha tia. E se riam, em concerto. Apenas eu me fiquei, calado em deveres de tristeza.

Mais tarde, quando todos dormiam na soltura do sono, ouvi os tacões altos. Em meus olhos sobrou uma funda, inexplicável tristeza. Chorava de quê, afinal? Minha mãe, em suspeitas que apenas as mães são capazes, invadiu o quarto, enchendo-o de luz.

— *Por que choras, meu filho?*

Então anunciei o falecimento de incerta moça que eu amara muito. Ela se retirara de minha esperança, traindo-me com um homem da vizinhança. Minha mãe se fingiu, em seu umbilical condão. E sorriu estranhas suspeições. Me ternurou seus dedos em meus cabelos e disse:

— *Deixa, amanhã mudas para outro quarto, nunca mais vais escutar esses sapatos...*

NAS ÁGUAS DO TEMPO

Meu avô, nesses dias, me levava rio abaixo, enfilado em seu pequeno concho. Ele remava, devagaroso, somente raspando o remo na correnteza. O barquito cabecinhava, onda cá, onda lá, parecendo ir mais sozinho que um tronco desabandonado.

— *Mas vocês vão aonde?*

Era a aflição de minha mãe. O velho sorria. Os dentes, nele, eram um artigo indefinido. Vovô era dos que se calam por saber e conversam mesmo sem nada falarem.

— *Voltamos antes de um agorinha* — respondia.

Nem eu sabia o que ele perseguia. Peixe não era. Porque a rede ficava amolecendo o assento. Garantido era que, chegada a incerta hora, o dia já crepusculando, ele me segurava a mão e me puxava para a margem. A maneira como me apertava era a de um cego desbengalado. No entanto, era ele quem me conduzia, um passo à frente de mim. Eu me admirava da sua magreza direita, todo ele musculíneo. O avô era um homem em flagrante infância, sempre arrebatado pela novidade de viver.

Entrávamos no barquinho, nossos pés pareciam bater na barriga de um tambor. A canoa solavanqueava, ensonada. Antes de partir, o velho se debruçava sobre um dos lados e recolhia uma aguinha com sua mão em concha. E eu lhe imitava.

— *Sempre em favor da água, nunca esqueça!*

Era sua advertência. Tirar água no sentido contrário ao da corrente pode trazer desgraça. Não se pode contrariar os espíritos que fluem.

Depois viajávamos até ao grande lago onde nosso pequeno rio desaguava. Aquele era o lugar das interditas criaturas. Tudo o que ali se exibia, afinal, se inventava de existir. Pois, naquele lugar se perdia a fronteira entre água e terra. Naquelas inquietas calmarias, sobre as águas nenufarfalhudas, nós éramos os únicos que preponderávamos. Nosso barquito ficava ali, quieto, sonecando no suave embalo. O avô, calado, espiava as longínquas margens. Tudo em volta mergulhava em cacimbações, sombras feitas da própria luz, fosse ali a manhã eternamente ensonada. Ficávamos assim, como em reza, tão quietos que parecíamos perfeitos.

De repente, meu avô se erguia no concho. Com o balanço quase o barco nos deitava fora. O velho, excitado, acenava. Tirava seu pano vermelho e agitava-o com decisão. A quem acenava ele? Talvez era a ninguém. Nunca, nem por instante, vislumbrei por ali alma deste ou de outro mundo. Mas o avô acenava seu pano.

— *Você não vê lá, na margem? Por trás do cacimbo?*

Eu não via. Mas ele insistia, desabotoando os nervos.

— *Não é lá. É láááá. Não vê o pano branco, a dançar-se?*

Para mim havia era a completa neblina e os receáveis aléns, onde o horizonte se perde. Meu velho, depois, perdia a miragem e se recolhia, encolhido no seu silêncio. E regressávamos, viajando sem companhia de palavra.

Em casa, minha mãe nos recebia com azedura. E muito me proibia, nos próximos futuros. Não queria que fôssemos para o lago, temia as ameaças que ali moravam. Primeiro, se zangava com o avô, desconfiando dos seus não propósitos. Mas depois, já amolecida pela nossa chegada, ela ensaiava a brincadeira:

— *Ao menos vissem o namwetxo moha! Ainda ganhávamos vantagem de uma boa sorte...*

O namwetxo moha era o fantasma que surgia à noite, feito só de metades: um olho, uma perna, um braço. Nós éramos miúdos e saíamos, aventurosos, procurando o moha. Mas nunca nos foi visto tal monstro. Meu avô nos apoucava. Dizia ele que, ainda em juventude, se tinha entrevisto com o tal semifulano. Invenção dele, avisava minha mãe. Mas a nós, miudagens, nem nos passava desejo de duvidar.

Certa vez, no lago proibido, eu e vovô aguardávamos o habitual surgimento dos ditos panos. Estávamos na margem onde os verdes se encaniçam, aflautinados. Dizem: o primeiro homem nasceu de uma dessas canas. O primeiro homem? Para mim não podia haver homem mais antigo que meu avô. Acontece que, dessa vez, me apeteceu espreitar os pântanos. Queria subir à margem, colocar pé em terra não firme.

— *Nunca! Nunca faça isso!*

O ar dele era de maiores gravidades. Eu jamais assistira a um semblante tão bravio em meu velho. Desculpei-me: que estava descendo do barco mas era só um pedacito de tempo. Mas ele ripostou:

— *Neste lugar, não há pedacitos. Todo o tempo, a partir daqui, são eternidades.*

Eu tinha um pé meio fora do barco, procurando o fundo lodoso da margem. Decidi me equilibrar, busquei chão para assentar o pé. Sucedeu-me então que não encontrei nenhum fundo, minha perna descia engolida pelo abismo. O velho acorreu-me e me puxou. Mas a força que me sugava era maior que o nosso esforço. Com a agitação, o barco virou e fomos dar com as costas posteriores na água. Ficámos assim, lutando dentro do lago, agarrados às abas da canoa. De repente, meu avô retirou o seu pano do barco e começou a agitá-lo sobre a cabeça.

— *Cumprimenta também, você!*

Olhei a margem e não vi ninguém. Mas obedeci ao avô, acenando sem convicções. Então, deu-se o espantável: subitamente, deixámos de ser puxados para o fundo. O remoinho que nos abismava se desfez em imediata calmaria. Voltámos ao barco e respirámos os alívios gerais. Em silêncio, dividimos o trabalho do regresso. Ao amarrar o barco, o velho me pediu:

— *Não conte nada o que se passou. Nem a ninguém, ouviu?*

Nessa noite, ele me explicou suas escondidas razões. Meus ouvidos se arregalavam para lhe decifrar a voz rouca. Nem tudo entendi. No mais ou menos, ele falou assim: *nós temos olhos que se abrem para dentro, esses que usamos para ver os sonhos. O que acontece, meu filho, é que quase todos estão cegos, deixaram de ver esses outros que nos visitam. Os outros? Sim, esses que nos acenam da outra margem. E assim lhes causamos uma total tristeza. Eu levo-lhe lá nos pântanos para que você aprenda a ver. Não posso ser o último a ser visitado pelos panos.*

— *Me entende?*

Menti que sim. Na tarde seguinte, o avô me levou uma vez mais ao lago. Chegados à beira do poente ele ficou a espreitar. Mas o tempo passou em desabitual demora. O avô se inquietava, erguido na proa do barco, palma da mão apurando as vistas. Do outro lado, havia menos que ninguém. Desta vez, também o avô não via mais que a enevoada solidão dos pântanos. De súbito, ele interrompeu o nada:

— *Fique aqui!*

E saltou para a margem, me roubando o peito no susto. O avô pisava os interditos territórios? Sim, frente ao meu espanto, ele seguia em passo sabido. A canoa ficou balançando, em desequilibrismo com meu peso ímpar. Presenciei o velho a alonjar-se com a discrição de uma nuvem. Até que, entre a neblina, ele se declinou em sonho, na margem da miragem. Fiquei ali, com muito espanto, tremendo de um frio arrepioso. Me recordo de ver uma garça de enorme brancura atravessar o céu. Parecia uma seta trespassando os flancos da tarde, fazendo sangrar todo o firmamento. Foi então que deparei na margem, do outro lado do mundo, o pano branco. Pela primeira vez, eu coincidia com meu avô na visão do pano. Enquanto ainda me duvidava foi surgindo, mesmo ao lado da aparição, o aceno do pano vermelho do meu avô. Fiquei indeciso, barafundido. Então, lentamente, tirei a camisa e agitei-a nos ares. E vi: o vermelho do pano dele se branqueando, em desmaio de cor. Meus olhos se neblinaram até que se poentaram as visões.

Enquanto remava um demorado regresso, me vinham à lembrança as velhas palavras de meu velho avô: a água e o tempo são irmãos gémeos, nascidos do mesmo ventre. E eu acabava de descobrir em mim um rio que não haveria nunca de morrer. A esse rio volto agora a conduzir meu filho, lhe ensinando a vislumbrar os brancos panos da outra margem.

O RIO DAS QUATRO LUZES

O coração é como a árvore — onde quiser volta a nascer.
(Adaptação de um provérbio moçambicano)

Vendo passar o cortejo fúnebre, o menino falou:
— *Mãe: eu também quero ir em caixa daquelas.*
A alma da mãe, na mão do miúdo, estremeceu. O menino sentiu esse arrepio, como descarga da alma na corrente do corpo. A mãe puxou-o pelo braço, em repreensão.
— *Não fale nunca mais isso.*
Um esticão enfatizava cada palavra.
— *Porquê, mãe? Eu só queria ir a enterrar como aquele falecido.*
— *Viu? Já está falar outra vez?*
Ele sentiu a angústia em sua mãe já vertida em lágrima. Calou-se, guardado em si. Ainda olhou o desfile com inveja. Ter alguém assim que chore por nós, quanto vale uma tristeza dessas?
À noite, o pai foi visitá-lo na penumbra do quarto. O menino suspeitou: nunca o pai lhe dirigira um pensamento. O homem avançou uma tosse solene, anunciando a seriedade do assunto. Que a mãe lhe informara sobre seus soturnos comentários no funeral. Que se passava, afinal?
— *Eu não quero mais ser criança.*

— Como assim?

— Quero envelhecer rápido, pai. Ficar mais velho que o senhor.

Que valia ser criança se lhe faltava a infância? Este mundo não estava para meninices. Porque nos fazem com esta idade, tão pequenos, se a vida aparece sempre adiada para outras idades, outras vidas? Deviam-nos fazer já graúdos, ensinados a sonhar com conta medida. Mesmo o pai passava a vida louvando a sua infância, seu tempo de maravilhas. Se foi para lhe roubar a fonte desse tempo, porque razão o deixaram beber dessa água?

— Meu filho, você tem que gostar viver, Deus nos deu esse milagre. Faça de conta que é uma prenda, a vida.

Mas ele não gostava dessa prenda. Não seria que Deus lhe podia dar outra, diferente?

— Não diga disso, Deus lhe castiga.

E a conversa não teve mais diálogo. Fechou-se sob ameaça de punição divina.

O menino permanecia em desistência de tudo. Sem nenhum portanto nem consequência. Até que, certa vez, ele decidiu visitar seu avô. Certamente ele o escutaria com maiores paciências.

— Avô, o que é preciso para se ser morto?

— Necessita ficar nu como um búzio.

— Mas eu tanta vez estou nuzinho.

— Tem que ser leve como lua.

— Mas eu já sou levinho como a ave penugenta.

— Precisa mais: precisa ficar escuro na escuridão.

— Mas eu sou tinto e retinto. Pretinho como sou, até de noite me indistinto do pirilampo avariado.

Então, o avô lhe propôs o negócio. As leis do tempo fariam prever que ele fosse retirado primeiro da vida. Pois ele falaria com

Deus e requereria mui respeitosamente que se procedesse a uma troca: o miúdo falecesse no lugar do avô.
— A sério, avô? O senhor vai pedir isso por mim?
— Juro, meu filho. Eu amo de mais viver. Vou pedir a Deus.
E ficou combinado e jurado. A partir daí, o menino visitava o avô com ansiedade de capuchinho vermelho. Desejava saber se o velho não estaria atacado de doença, falho no respirar, coração gaguejado. Mas o avô continuava direito e são.
— Tem rezado a Deus, avô? Tem-Lhe pedido consoante o combinado?
Que sim, tinha endereçado os ajustados requerimentos. A troca das mortes, o negócio dos finais. Esperava deferimento, ensinado pela paciência. Conselho do avô: ele que, entretanto, fosse meninando, distraído nos brincados. Que, ainda agora, o que ele se lembrava era o mais antigo de sua existência. E lhe contou os lugares secretos de sua infância, mostrou-lhe as grutas junto ao rio, perseguiram borboletas, adivinharam pegadas de bichos. O menino, sem saber, se iniciava nos amplos territórios da infância. Na companhia do avô, o moço se criançava, convertido em menino. A voz antiga era o pátio onde ele se adornava de folguedos. E assim sendo.

Uma certa tarde, o avô visitou a casa dos seus filhos, sentou-se na sala e ordenou que o neto saísse. Queria falar, a sós, com os pais da criança. E o velho deu entendimento: criancice é como amor, não se desempenha sozinha. Faltava aos pais serem filhos, juntarem-se miúdos com o miúdo. Faltava aceitarem despir a idade, desobedecer ao tempo, esquivar-se do corpo e do juízo. Esse é o milagre que um filho oferece — nascermos em outras vidas. E mais nada falou.

— *Agora já me vou* — disse ele — *porque senão ainda adormeço com minhas próprias falas.*

— Fique, pai.

— Já assim velho, sou como o cigarro: adormeço na orelha.

Se ergueu e, na soleira, rodou como se tivesse sido assaltado por pedaço de lembrança. Acorreram, em aflição. O que se passava? O avô serenou: era apenas cansaço. Os outros insistiram, sugerindo exames.

— O pai vá e descanse com muito cuidado.

— Não é desses cansaços que nos pesam. Ao contrário, agora ando mais celestial que nuvem.

Que aquela fadiga era a fala de Deus, mensagem que estava recebendo na silenciosa língua dos céus.

— Estou ser chamado. Quem sabe, meus filhos, esta é nossa última vez?

O casal recusou despedir-se. Acompanharam o avô à casa e sentaram-no na cadeira da varanda. Era ali que ele queria repousar. Olhando o rio, lá em baixo. E ali ficou, em silêncio. De repente, ele viu a corrente do rio inverter de direcção.

— Viram? O rio já se virou.

E sorriu. Estivesse confirmando o improvável vaticínio. O velho cedeu às pálpebras. Seu sono ficou sem peso. Antes, ainda murmurou no ouvido de seu filho:

— Diga a meu neto que eu menti. Nunca fiz pedido nenhum a nenhum Deus.

Não houve precisão de mensagem. Longe, na residência do casal, o menino sentiu reverter-se o caudal do tempo. E os seus olhos se intemporaram em duas pedrinhas. No leito do rio se afundaram quatro luzências.

Da feição que fui fazendo, vos contei o motivo do nome deste rio que se abre na minha paisagem, frente à minha varanda. O rio das Quatro Luzes.

O NOME GORDO DE ISIDORANGELA

Isidorangela era o nome da obesa moça. Nome gordo, ao travar da pena. Na rua, na escola, ela era motivo de riso. E havia razão para chacotear: a miúda sobrava de si mesma, pernas rasas arrastando-se em passitos redondos e estofados. Para mais, um sorriso tolo lhe circunflectia o rosto. Ela e o planeta: dois círculos concêntricos. O "Monumento", assim lhe chamávamos, nós os rapazes, em homenagem ao seu tamanho vasto e demorado.

Como pedra no charco, Isidorangela fazia espraiar uma onda de zombaria. Mas rir declarado e aberto ninguém podia, a moça era filha do presidente da câmara, Dr. Osório Caldas. Como meu pai dizia, o homem era a autoridade. "O nosso chefe", assim era mencionado lá em casa. Meu pai reverenciava o presidente Osório como se dele dependessem os destinos do mundo. A minha mãe muito se apoquentava com tanta deferência, o presidente Osório isto, o chefe Osório aquilo.

— *Poça, homem, até parece devoção estranha, coisa de amores homossensuais...*

— *Tenho pena dele, Marta. Pobre homem, deve sofrer com aquela filha.*

Todo o fim do mês, o presidente levava Isidorangela ao baile do Ferroviário, mas ninguém nunca a convidara para dançar. Os outros bailavam, rodopiavam corpos, entonteciam corações. As moças passavam de mão em mão, todas bailadas, estontecidas. Só Isidorangela ficava sentada, chupando um interminável algodão--doce. Ela mesma parecia um algodão-de-açúcar, com seu vasto vestido de roda, toda em pregas rosáceas.

À medida do tempo, meu pai crescia em seus submissos modos, todo manteigoso e sempre arquitectando cumprimentos e favores. Minha mãe perdia paciência:

— *Um dia ainda se casa com esse seu presidente!*

E rematava: *nunca pensei ter ciúme de um homem!* Meu velhote devolvia sempre a mesma resposta. Nós, sendo mulatos, tínhamos sorte em receber as simpatias do chefe. Até uma promoção lhe havia sido prometida. Os pequenos esperam olhando para cima. Nem eu sonhava a quanto levaria meu pai esse desejo de agradar ao chefe.

Naquela tarde, de inesperado, ele me deu ordem que me penteasse, podendo até usar a sua brilhantina.

— *Mas vou aonde, pai?*

Não obtive esclarecimento. Meteu-me em roupa de estreia, escovou-me o casaco e me conduziu por entre as magras ruelas de nossa pequena cidade. À porta da residência — os pobres têm casa, os ricos têm residência, explicou-me meu pai — ele me mandou descalçar os sapatos.

— *Vou entrar descalço, pai?*

— *Qual descalço? Vai é calçar estes.*

Numa bolsa, ele trazia uns sapatos novos, sem vestígio de poeira. Nem eu nunca havia calçado sapatinhos tão pretos. Mal os coloquei me queixei, sofrido, que apertavam.

— *Pois encolha os pés, você tem muita mania de se esticar* — advertiu meu pai.

No seguimento, tocou à campainha com respeitos tais que seu dedo mal roçou o botão.

— *Não chegou a tocar, pai* — avisei.

Tocara, sim, eu é que não ouvira. E explicou, pronunciando um português que eu nunca escutara: aqui, nas residências finas, todo o mínimo é logo um barulho. E que eu nunca ruidasse enquanto em visita aos Caldas. E puxasse lustro ao meu melhor lusitano idioma.

Esperámos um infinito. Meu pai recusava-se a insistir. Os sapatos apuravam apertos sobre meus dedos. Eis que, enfim, uma cortina se move lá dentro e Dona Angelina espreita à porta. Entrámos, cheios de vénias, meu pai falando tão baixo que ninguém o conseguia entender. Angelina, a distinta esposa, nos fez entrar pelos salões recheados de mobílias e bugigangas. Instalado numa poltrona, o presidente pouco nos anfitriou. Um displicente aceno para meu pai e, de novo, o olhar recaiu sobre um jornal. A dona de casa explicou: o Dr. Osório estava acabando umas palavras cruzadas, havia que terminar antes que a energia eléctrica fosse. Sim, daí a pouco a tarde se adensaria e a luzinha fosca do petromax não seria suficiente para terminar o passatempo favorito do presidente. E que havia o excelentíssimo encalhado em original palavra: "cabala". Com seis letras, exactamente.

— *Cabala?!* — perguntou meu pai, todo atrapalhaço. E dirigindo-se para mim: — *Ainda ontem não vimos essa palavra na revisão dos seus trabalhos?*

E eu, de mim para ninguém: com certeza, a fêmea do cavalo. Rezando que meu pai não me forçasse a dar o explicado do vocábulo.

— *Passemos ao salão para aproveitar o tempo* — disse Dona Angelina.

No salão estava o "Monumento": Isidorangela, envolta em seu vestido rosa. O que mais me surpreendeu: em sua mão continuava, hasteado, o pauzinho envolto em açúcar em rama. Aquilo me deu uma volta: algodão açucarado era a minha perdição. Como conseguia Isidorangela ter aquela guloseima em sua casa? Não era coisa exclusiva das feiras e quermesses?

— *Então, lá vou animando a música* — anunciou a esposa do presidente.

Uma espécie de valsa preencheu o vasto silêncio da sala.

— *Vá, convide Isidorangela para voltear.*

A palavra soou-me como obscena: voltear? A minha cara devia ser o lastimoso retrato da parvoíce: brilhantina escorrendo sobre a testa, sobrolho denunciando o aperto nos pés e uma constrição do lábio superior em cobiça do algodãozinho. Um mal disfarçado empurrão de meu velho me colocou no caminho da gorducha. Nos braços do "Monumento", a melhor dizer. Então era isso, meu pai queria passar uma graxa no chefe e me usava nesses psiquiátricos desígnios de descomplexar a gordona?

Me deu uma raiva tal que, quando enlacei Isidorangela, ela até vacilou, em desequilíbrio. Quase caiu sobre mim e o pauzinho de algodão ficou, como bandeira arriada entre os nossos rostos. A tentação contrastava com as minhas penas e dei por mim dizendo:

— *Vou-lhe dar uma dentada.*

— *A mim?* — a gorducha aflautou um riso nervoso.

A gula venceu-me e, língua em riste, desmanchei aquele castelo de doçura enquanto arrastava a volumosa criatura pelo soalho encerado. Acreditando que a queria a ela, Isidorangela fechou os olhos e se inclinou disposta e disponível. Meu pavor era ela escorregar e desabar, em desamparo, sobre mim. Fui rodando pelo salão, entre a agonia dos pés e o deleite dos açúcares desfazendo-se-me na boca.

Num desses passos, reparei com surpresa que meu velhote e Angelina também dançavam. No cadeirão afastado, o presidente cabeceava ensonado. E, de repente, o que descobri? Coração apertando-me mais que os sapatos, vi as mãos de Angelina se entrelaçarem, em ternura esquiva, nos dedos de meu pai. O disco girando no gramofone, as luminações desmaiadas do petromax, a rodopiação da gorda, tudo isso me embalou em tontura. E já não havia algodão-doce a não ser no rosto de Isidorangela. Um impulso irresistível me fez linguar aquela réstia de doce. A moça entendeu mal a lambidela. E eu senti nela, estranhamente, um odor suado que era, afinal, o meu próprio e natural perfume. Senti o cabelo dela, encarapinhado, por baixo da lisura aparente. E olhando, quase a medo, revi sob o seu redondo rosto a ruga de família, o sinal que eu acreditava ser obra exclusiva da minha genética.

Quis ofuscar-me do mundo, em desvalência. Mas já os dedos de Isidorangela entrançaram os meus, com igual volúpia com que sua mãe ia apertando meu velho pai. Num sofá obscurecido Osório Caldas ia descruzando palavra enquanto cabeceava, pesado, sobre um velho jornal.

O ADIADO AVÔ

Nossa irmã Glória pariu e foi motivo de contentamentos familiares. Todos festejaram, excepto o nosso velho, Zedmundo Constantino Constante, que recusou ir ao hospital ver a criança. No isolamento de seu quarto hospitalar, Glória chorou babas e aranhas. Todo o dia seus olhos patrulharam a porta do quarto. A presença de nosso pai seria a bênção, tão esperada quanto o seu próprio recém-nascido.

— *Ele há-de vir, há-de vir.*

Não veio. Foi preciso trazerem o miúdo a nossa casa para que o avô lhe passasse os olhos. Mas foi como um olhar para nada. Ali no berço não estava ninguém. Glória reincidiu no choro. Para ela, era como sofrer as dores de um aborto póstumo. Suplicou a sua mãe Dona Amadalena. Ela que falasse com o pai para que este não mais a castigasse. Falasse era fraqueza de expressão: a mãe era muda, a sua voz esquecera de nascer.

O menino disse as primeiras palavras e, logo, o nosso pai Zedmundo desvalorizou:

— *Bahh!*

Contrariava a alegria geral. À mana Glória já não restava sombra de glória. Suspirou, na santa impaciência. Suspiro tão audível, que o velho se obrigou a destrocar:

— *Aprender a falar é fácil. Com o devido respeito de vossa mãe. Que não é muda. Só que a voz lhe está adormecida.*

Nossa mãe — agora, a tão assumida avó Amadalena — sacudiu a cabeça. O homem sempre acinzentava a nuvem. Mas Zedmundo, no capítulo das falas, tinha a sua razão: nós, pobres, devíamos alargar a garganta não para falar, mas para melhor engolir sapos.

— *E é o que repito: falar é fácil. Custa é aprender a calar.*

E repetia a infinita e inacabada lembrança, esse episódio que já conhecíamos de salteado. Mas escutamos, em nosso respeitoso dever. Que uma certa vez, o patrão português, perante os restantes operários, lhe intimou:

— *Você, fulano, o que é que pensa?*

Ainda lhe veio à cabeça responder: preto não pensa, patrão. Mas preferiu ficar calado.

— *Não fala? Tem que falar, meu cabrão.*

Curioso: um regime inteiro para não deixar nunca o povo falar e a ele o ameaçavam para que não ficasse calado. E aquilo lhe dava um tal sabor de poder que ele se amarrou no silêncio. E foram insultos. Foram pancadas. E foi prisão. Ele entre os muitos cativos por falarem de mais: o único que pagava por não abrir a boca.

— *Eu tão calado que parecia a vossa mãe, Dona Amadalena, com o devido respeito...*

Meu velho acabou a história e só minha mãe arfou a mostrar saturação. Dona Amadalena sempre falara suspiros. Porém, em tons tão precisos que aquilo se convertera em língua. Amadalena suspirava direito por silêncios tortos.

Os dias passaram mais lestos que as lembranças. Mais breves que as lágrimas de nossa irmã Glória. O neto cumpriu o primeiro aniversário. Nesse mesmo dia, deu os primeiros passos. Houve palmas, risos, copos erguidos. Todos poliram júbilo menos Zedmundo, encostado em seu próprio corpo:

— *Não quero aqui essa gatinhagem, ainda me parte qualquer coisa. Levem-no, levem-no...*

Meu pai não terminou a intimação. Amadalena suspendeu-lhe a palavra com esbracejos, somados ao seu cantar de cegonha. O marido, surpreso:

— *Que é isto, mulher? Já a formiga tem guitarra?*

A mulher puxou-o para o quarto. Ali, no côncavo de suas intimidades, o velho Zedmundo se explicou. Afinal, ele sempre dissera: não queria netos. Os filhos não despejassem ali os frutos do seu sangue.

— *Não quero cá disso. Eu não sou avô, eu sou eu, Zedmundo Constante.*

Agora, ele queria gozar o merecido direito: ser velho. A gente morre ainda com tanta vida!

— *Você não entende, mulher, mas os netos foram inventados para, mais uma vez, nos roubarem a regalia de sermos nós.*

E ainda mais se explicou: *primeiro, não fomos nós porque éramos filhos. Depois, adiámos o ser porque fomos pais. Agora, querem-nos substituir pelo sermos avós.*

A avó ameaçou, estava farta, cansada. Desta vez, dada a quentura do assunto, Amadalena preferiu escrevinhar num papel. Em letra gorda, ela decretou: ou o marido se abrandava ou tudo terminava entre eles. Ele que saísse, procurasse outro lugar. Ou era ela mesma que se retirava. O velho Zedmundo Constante respondeu, sereno:

— Amadalena, teu nome cabe na palma do meu coração. Mas eu não vou mudar. Se o meu tempo é pouco, então vou gastá-lo com proveito.

Não saiu ele, nem ela. Quem se mudou foi Glória. Ela e o marido emigrados na cidade. E com eles o menino que era o consolo de nossa mãe. Ela mais emudeceu, em seu já silencioso canto.

Não passaram semanas, nos chegou a notícia — o genro falecera na capital. Nossa irmã, nossa Glorinha perdera o juízo com a viuvez. Internaram-na, desvalida como mulher, desqualificada como mãe. E o menino, mais neto agora, chegava no primeiro machimbombo.

O menino entrou e meu pai saiu. Enquanto se retirava, já meio oculto no escuro ainda disse:

— Tudo o que você não falou, está certo, Amadalena, mas eu não aguento.

O nosso pai saiu para onde? Ainda nos oferecemos para o procurar. Mas a mãe negou que fôssemos. O velho Zedmundo nunca tivera nem rumo certo nem destino duradouro. O homem era mais falso que um tecto. Voltou dias depois, dizendo-se agredido por bicho feio, quem sabe hiena, quem sabe um bicho subnatural? Surgiu na porta, ficou especado. Ali naquela moldura feita só de luz se confirmava: porta fez-se é para homem sair e mulher estreitar o tempo da espera. Meu velho emagrecera abaixo do tutano, e em seus olhos rebrilhavam as mais gordas lágrimas. Amadalena se assustou: Zedmundo estreava-se em choro. Seu marido perdera realmente o fio de aprumo, sua alma se havia assim tanto desossado?

Depois, toda ela se adoçou, maternalmente. E se aproximou do marido, acatando-o no peito. E sentiu que já não era apenas o espreitar da lágrima. O seu homem se desatava num pranto. Vendo-o assim, babado, e minguado, minha mãe entendia que o velho, seu velho homem, queria, afinal, ser sua única atenção.

Conduzindo-o pela mão, minha mãe o fez entrar e lhe mostrou o neto já dormindo. Pela primeira vez, meu pai contemplou o menino como se ele acabasse de nascer. Ou como se ambos fossem recém-nascidos. Com desajeitadas mãos, o velho Zedmundo levantou o bebé e o beijou longamente. Assim demorou como se saboreasse o seu cheiro. Minha mãe corrigiu aquele excesso e fez com que o miúdo voltasse ao quente do colchão. Depois o meu pai se enroscou no desbotado sofá e minha mãe colocou-se por detrás dele a jeito de o embalar em seus braços até que ele adormecesse.

Na manhã seguinte, ainda cedo, encontrei os dois ainda dormidos: meu velho no sofá e, a seu lado, o adiado neto. Minha mãe já tinha saído. Dela restara um bilhete rabiscado por sua mão. Não resisti e espreitei o papel. Era um recado para meu pai. Assim:

"Meu Zedmundo: durma comprido. E trate desse menino, enquanto eu vou à cidade."

Entre rabiscos, emendas e gatafunhos, o bilhete era mais de ser adivinhado que lido. Dizia que meu pai ainda estava em tempo de ser filho. Culpa era dela, que ela já se tinha esquecido: afinal, meu pai nunca antes fora filho de ninguém. Por isso, não sabia ser avô. Mas agora, ele podia, sem medo, voltar a ser seu filho.

"Seja meu filho, Zedmundo, me deixe ser sua mãe. E vai ver que esse nosso neto nos vai fazer sermos nós, menos sós, mais avós."

Dobrei o bilhete e o deixei no tampo da mesa. Esperei na varanda que minha mãe chegasse. Eu sabia que ela tinha ido buscar minha irmã Glória. Antes, eu jurara contar esta história a minha irmã. Mas agora, lembro as palavras de meu pai sobre o aprender a calar. E decido que nunca, mas nunca, contarei isto a ninguém. Minha mãe, que é muda, que conte.

INUNDAÇÃO

Há um rio que atravessa a casa. Esse rio, dizem, é o tempo. E as lembranças são peixes nadando ao invés da corrente. Acredito, sim, por educação. Mas não creio. Minhas lembranças são aves. A haver inundação é de céu, repleção de nuvem. Vos guio por essa nuvem, minha lembrança.

A casa, aquela casa nossa, era morada mais da noite que do dia. Estranho, dirão. Noite e dia não são metades, folha e verso? Como podiam o claro e o escuro repartir-se em desigual? Explico. Bastava que a voz de minha mãe em canto se escutasse para que, no mais lúcido meio-dia, se fechasse a noite. Lá fora, a chuva sonhava, tamborileira. E nós éramos meninos para sempre.

Certa vez, porém, de nossa mãe escutámos o pranto. Era um choro delgadinho, um fio de água, um chilrear de morcego. Mão em mão, ficámos à porta do quarto dela. Nossos olhos boquiabertos. Ela só suspirou:

— *Vosso pai já não é meu.*

Apontou o armário e pediu que o abríssemos. A nossos olhos, bem para além do espanto, se revelaram os vestidos envelhecidos que meu pai há muito lhe ofertara. Bastou, porém, a brisa da porta se abrindo para que os vestidos se desfizessem em pó e, como cinzas, se enevoassem pelo chão. Apenas os cabides balançavam, esqueletos sem corpo.

— *E agora* — disse a mãe —, *olhem para estas cartas.*

Eram apaixonados bilhetes, antigos, que minha mãe conservava numa caixa. Mas agora os papéis estavam brancos, toda a tinta se desbotara.

— *Ele foi. Tudo foi.*

Desde então, a mãe se recusou a deitar no leito. Dormia no chão. A ver se o rio do tempo a levava, numa dessas invisíveis enxurradas. Assim dizia, queixosa. Em poucos dias, se aparentou às sombras, desleixando todo seu volume.

— *Quero perder todas as forças. Assim não tenho mais esperas.*

— *Durma na cama, mãe.*

— *Não quero. Que a cama é engolidora de saudade.*

E ela queria guardar aquela saudade. Como se aquela ausência fosse o único troféu de sua vida.

Não tinham passado nem semanas desde que meu pai se volatilizara quando, numa certa noite, não me desceu o sono. Eu estava pressentimental, incapaz de me guardar no leito. Fui ao quarto dos meus pais. Minha mãe lá estava, envolta no lençol até à cabeça. Acordei-a. O seu rosto assomou à penumbra doce que pairava. Estava sorridente.

— *Não faça barulho, meu filho. Não acorde seu pai.*

— *Meu pai?*

— *Seu pai está aqui, muito comigo.*

Levantou-se com cuidado de não desalinhar o lençol. Como se ocultasse algo debaixo do pano. Foi à cozinha e serviu-se de água.

Sentei-me com ela, na mesa onde se acumulavam as panelas do jantar.

— Como eu o chamei, quer saber?

Tinha sido o seu cantar. Que eu não tinha notado, porque o fizera em surdina. Mas ela cantara, sem parar, desde que ele saíra. E agora, olhando o chão da cozinha, ela dizia:

— *Talvez uma minha voz seja um pano; sim, um pano que limpa o tempo.*

No dia seguinte, a mãe cumpria a vontade de domingo, comparecida na igreja, seu magro joelho cumprimentando a terra. Sabendo que ela iria demorar eu voltei ao seu quarto e ali me deixei por um instante. A porta do armário escancarada deixava entrever as entranhas da sombra. Me aproximei. A surpresa me abalou: de novo se enfunavam os vestidos, cheios de formas e cores. De imediato, me virei a espreitar a caixa onde se guardavam as lembranças de namoro de meus pais. A tinta regressara ao papel, as cartas de meu velho pai se haviam recomposto? Mas não abri. Tive medo. Porque eu, secretamente, sabia a resposta.

Saí no bico do pé, quando senti minha mãe entrando. E me esgueirei pelo quintal, deitando passo na estrada de areia. Ali me retive a contemplar a casa como que irrealizada em pintura. Entendi que por muita que fosse a estrada eu nunca ficaria longe daquele lugar. Nesse instante, escutei o canto doce de minha mãe. Foi quando eu vi a casa esmorecer, engolida por um rio que tudo inundava.

GLOSSÁRIO

Bidão: botijão, bujão.
Capulana: peça de tecido que as mulheres enrolam à cintura.
Chamboco: matraca, pau.
Charra: exclamação de espanto equivalente a "caramba!".
Lobolo: quantia de bens que o noivo entrega à família da noiva.
Machamba: terreno agrícola para produção familiar.
Machimbombo: autocarro.
Mafurreira: árvore de onde se extrai o óleo de mafurra. Nome científico: *Trichilia emetica*.
Matope: lodo, lama.
Muska: nome que, em chissena, se dá à gaita-de-beiços.
Ndoé: peixe pulmonado que, nos períodos de seca, vive enterrado no lodo.
Shote-kulia: ordem de comando, compasso da marcha militar, equivalente a "esquerdo-direito".
Xipefo: lamparina a petróleo.

SOBRE O AUTOR

Filho de imigrantes portugueses, MIA COUTO (1955) nasceu na Beira, uma das cidades mais afetadas pela guerra civil moçambicana (1976 a 1992). Aos catorze anos, publicou seus primeiros poemas no jornal *Notícias da Beira*. Estudou medicina antes de se formar em biologia e atualmente dedica-se a estudos de impacto ambiental, além da literatura. Na década de 1970, foi repórter de *A Tribuna*, na capital, Maputo. Trabalhou ali por um ano, até o jornal ser fechado por forças opostas à independência. Tornou-se batalhador pela libertação de seu país. É um dos principais escritores africanos, comparado a Gabriel Garcia Márquez, Guimarães Rosa e Jorge Amado. Seu romance *Terra sonâmbula* foi considerado um dos dez melhores livros africanos do século XX. Em 1999, recebeu o prêmio Vergílio Ferreira pelo conjunto da obra e, em 2007, o prêmio União Latina de Literaturas Românicas. Em 2013, ganhou o Prêmio Camões, conhecido como a mais importante premiação da língua portuguesa. Sua obra completa será publicada pela Companhia das Letras. Os contos desta antologia foram retirados dos livros *O fio das missangas*, *Estórias abensonhadas*, *Cada homem é uma raça*, *Vozes anoitecidas* e *Contos do nascer da terra*.

1ª EDIÇÃO [2013] 14 reimpressões

ESTA OBRA FOI COMPOSTA POR ACOMTE EM BERLING
E IMPRESSA PELA GRÁFICA BARTIRA EM OFSETE SOBRE PAPEL PÓLEN NATURAL
DA SUZANO S.A. PARA A EDITORA SCHWARCZ EM MAIO DE 2023

A marca FSC® é a garantia de que a madeira utilizada na fabricação do papel deste livro provém de florestas que foram gerenciadas de maneira ambientalmente correta, socialmente justa e economicamente viável, além de outras fontes de origem controlada.